詩集

私たちはどんな時代を生きているのか考

■

戸谷 崗

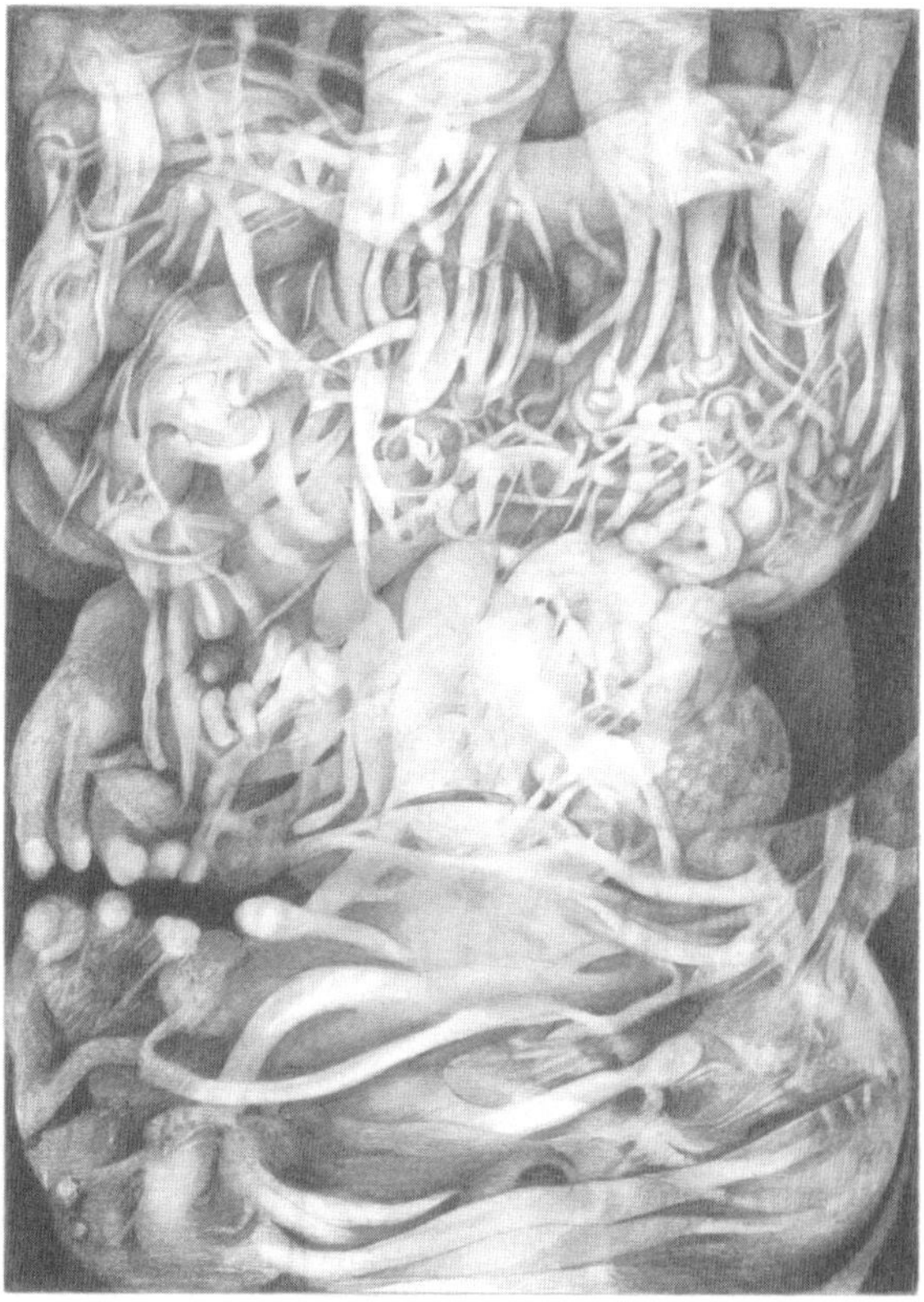

影書房

目次

カルテ1・若者

カルテ2・世界

カバー絵＝戸谷秋郎
扉カット＝戸谷樹生・慧

カルテ1・若者

ブラック・ブラック・ブラック

何処で捩子《ネジ》は狂ったか
何処で歯車は外れてしまったのか
今年四月　正社員として採用されてから　三月《みつき》が経とうとしている
内定以後　入社する前から始まっていた初回の長い研修期間の後に
同期の仲間と一緒に私も　会社の各部署に一端　配属されたのであったが
その直後に　私を含めた何人かの人達は
社内の一室に集められ　会社側が求める人材というものに変身を遂げるために
自分で立案した自主研修と
会社側が決めたのだから意味があるのだろうが　意味の分からない研修とに
奔走する日々が続いている

そして　それに加えて一日に一回以上
ミーティングと称する数時間にも及ぶこともある「カウンセリング」が強制される
「カウンセリング」と言っても　自分が成長するための助言や援助が与えられるのではなく
自分の担当になった先輩社員達から
ただ　叱責に継ぐ叱責が　罵倒に継ぐ罵倒が　繰り返されるだけだ
「おまえは屑だ」「おまえは人間としておかしい」といった暴言が頭ごなしに発せられ
それが連日つづき　いつしか私も
かつては大学でテニス同好会の副マネージャーを務め
「コミュニケーション能力」も「空気を読むこと」も
それなりに身に付けていると自負を持っていたにも係わらず
そのような自信は粉々に砕け散って
自分自身で自分を「駄目人間の一人だ」と思うようになってしまったのだ
でも　マスコミや学校での就職指導の時間を通して
日本の就職環境は
一度止めてしまうと別な会社に正社員として再度雇用されるのは　至極困難で
健康保健や退職金のない賃銀の安い不安定な不正規雇用の職場しかないと
散々　脅かされて来たので
何故か　疲れているのに　夜には目が冴えて眠れなくなったり

朝には　会社の玄関に辿り着けるものの　中になかなか入れなくなったりと
自分の精神状態が段々と混乱を来たすようになって来ていたにも係わらず
なんとか　この会社で正社員を続けていきたいと決意して
先輩社員や上司の叱責や罵詈雑言の数々の言葉を
意味が分からないまま呑み込もうとする私に向かって
更に容赦のない人格否定の悪罵が　途切れることなく浴びせられる

何処で歯車は狂ったか
何処で振子は外れてしまったか
それは　すでに大学の学生生活の時代から始まっていた
入学式直後のガイダンスで
ボランティア活動や就業体験《インターシップ》が　就職活動においては有利になるから
出来るだけ行うようにと促され
その後　就職に有利だとされる様々な資格試験にも幾つも挑むようになっていった
三年生になった途端　就職活動の準備を促す大学側の就職説明会が始まり
エントリーシートの作成の仕方に関する講習会も始まった
四年生を迎える三月程《みつきほど》前から　会社訪問を始めるようになって
クラブやゼミの先輩との接触を図って　自分の希望する企業の就職情報を手に入れようと

上から下まで黒の一揃えの衣服《スーツ》を身に纏って　奔走する日々が続いた
大学のⒶだらけの成績と幾つもの資格とボランティア活動の来歴とアルバイトの体験が
効を奏したのだろうか
それとも　大学のゼミの覚えの良かった教授の推薦文のせいだろうか
偏差値のランクが高く世間の評判がそれなりに良かった
大学のネームバリューも後を押してくれたのだろう
エントリーシートを十社ほどしか出さなかった時点で
早々と　今の会社からの内定通知を受け取ったのだ
何だか　今から思うと　大学生時代の四年間は　就職活動の四年間であったように思える
それは「コスト」の削減を目指す財界側の要請を受けて　法的な雇用の規制緩和が進行し
「派遣」や「請負」といった新たな非正規雇用の問題が生じて
「フリーター」や「ニート」といった若年層の貧困の問題が浮び上った時期を背景にしている
どんなに努力しても貧困の不安定な状態から逃れられない
「フリーター」や「ニート」の仲間にならないために
「正社員」の椅子を目指す終りのない椅子取り競争の渦の中に巻き込まれていったのだ
でも　そのような競争に一旦勝利して「正社員」の椅子を一応確保したにも係わらず
今　私は「未稼動《アベイブル》」とレッテルを張られて　会社の一室に集められて
先輩社員から課された課題をひたすら筆記したり

ただ　なぶるということを目的にしたとしか思えないプレゼンテーションとか
叱責や否定を目的にしたカウセリングとか
心身ともに疲れ果てる一日を意味もなく送り続けている

ブラック・ブラック・ブラック
それは　すでに　初回の研修の時期から始まっていた
膨大な課題が会社側から出されて　自室に戻って　徹夜に近い形で　それをこなして
翌日のミーティングに　息急《せ》き切って出席しても
チームを組んで仕事をするようなプログラムになっているために
そのチームの一人が　課題の提出に間に合わなければ　連帯責任ということで
チームの全員に対して　尚一層の課題のノルマが積み重ねられて
度々　一睡もせずに　それに対処しなければならないこともあったのである
また　お辞儀の仕方・手の挙げ方から初まって　トイレやバスの使い方まで
逐一指導され命令され指図されて　それもまた連帯責任ということで
いつしか　私達は　かつての奴隷のように　今の家畜のように
従順に従順に従順に　上司や先輩の様子や発語に従って行為し行動する存在へと
自らを変身させていったのである
当然　そのような変身を最後まで自己に強制出来ない人達は

苦労して手にした正社員の椅子を自ら放棄して　会社を
去っていかなければならなかったのである
ブラック・ブラック・ブラック
今から思えば　どうも　私が配属された課から　この一室に送られる羽目になったのは
二回目の給料が支給された翌日　お昼の社員食堂に並んで待っている時に
隣りにいた大学時代からの同期の仲間に
大学にいる時に目を通した今の会社の案内文に記載されていた残業手当のことを思い出して
朝早く始発直後の電車に乗って出社し　夜遅く終電車に間に合うように退社するといった
長時間　会社に拘束されている時間の賃銀査定に対しての不満を
大学にいた時に知った「労働法」に絡めて　何気なく冗談のように口にしたことを
その付近にいた上司や先輩に密かに聞かれてしまったことが原因しているのではないだろうか
どうも　会社側は　会社の方針や姿勢に丸ごと従順になれない者達を
自ら中途で辞めていくように仕向けるために
様々な無理難題を持ち出し試しているのではないだろうか
最初の研修期間の間にも　何人もの同期入社の者達が　櫛の歯が欠けるように去っていき
更に　研修以後各部署に配属された者達の中からも　私と同じように
会社のある一室に集められ　苛酷な更なる研修が強いられていく過程で
次々と姿が見えなくなってしまった

そして　その欠員を補填するかのように
何人も同期の仲間達が　次々とこの部屋に送り込まれている
ブラック・ブラック・ブラック
会社の歯車や捩子は途中で外れたのでも狂ったのでもなく
初めから変ることなく順調に動いていて
逆に私達の心身の歯車や捩子が外れるように狂うように仕向けられていたのだ
そのような会社にとって役に立たない者を篩《ふるい》に掛けて分別しようとする巧妙な仕組みに
ふと気が付いた私は　初めの内は　そのような彼等の罠に嵌《は》まらずに
何としても手に入れた「正社員」の椅子を失うまいと
かつて学生時代に聞いたザ・ローリング・ストーンズの『PAINT IT BLACK』の歌を捩《もじ》った
「I want it painted white」といった歌詞を　心の中で歌い続けることによって
次々に繰り出されて来る上司や先輩の叱責や否定の悪罵に耐えていたが
鬱病になって立ち去っていく同期の仲間達を何人も見ている内に
命あっての物種だと　止めさせられるのではなく
こんな会社は自分の方から　縁を切って辞めてやると思うようになり　数日も置かずに
辞表を叩き付けて　勢いよく会社のドアを開けて　表に飛び出たものの
何故か　今までの自分が　会社の手の平の上で踊らされていただけのように思えて来て
腹立ち紛れに立ち竦む私の前方を

足早に多くの人達が競い合うように黒い影を引き摺って押し黙ったまま陸続と歩いていく
一世を風靡したザ・ローリング・ストーンズは「黒くぬれ！」の「黒」という言葉に
「限りない自由」という意味を込めて歌っていたが
目の前にある見掛け上は綺麗に整序された秩序だらけの整然とした世界には
何処にも　そのような「自由」はなく
ただ　その表皮の裏側が逆の意味の黒色に塗り潰された世界が　何処までも続いている

疥癬だらけのネットカフェ

リクライニング・シートに身を沈めていけば
普段ならば
一日中　立っていたり　動き回っていたりした労働の疲れのために
店内に流れるＢＧＭや
店に出入りする人達の話し声や
備え付けの漫画や雑誌を取りにいったり
ドリンク・バーの飲み放題の飲み物を取りにいったりする人達の足音など
全然　気にすることなく
睡魔に襲われるままに一気に深い眠りに落ちていくのに
今日は　リクライニング・シートに横になって　静かに目を瞑っていても

いつまで経っても　眠りに就くことが出来ない
多分眠りに就くまで読んでいた新聞の記事の内容が影響しているのだろう
新聞には
グッドウィルやフルキャストといった派遣会社が
事故に備える保険料や装備品の購入費にするという名目で
「業務管理費」や「データ装備費」といった訳の分からない料金を
不正規雇用の労働者から　不当に天引きして　莫大な利益を挙げていたという記事と
三年程前　私が派遣先の仕事場で　足を怪我《けが》して
一月《ひとつき》程働けなくなって馘首《クビ》になり　アパートの借主は会社だったために
間もなく　アパートも追い出されて　ホームレス状態になって以降
一度たりとも　連絡も取らず　帰ってもいない
年老いた両親が住んでいる村のことが紹介されている
「限界集落」といった大きな見出しのついた特集記事とが
掲載されていたのだ

早く眠りに就かなければ
明日の朝　早く起きられずに
深夜パック六時間千二百円のサービス料金に

三十分につき何百円といった割高な料金が加算され
それを支払わなければならないようになるとともに
翌朝の六時頃から七時頃までの間には
「スポット派遣」とか「日雇い派遣」と呼ばれる一日単位で仕事を紹介してくれる
幾つもの派遣会社からのメールが
登録されている自分の携帯に入って来ることになっており
その時間帯に応答しなければ　仕事にあぶれることになってしまうのだ
一昨日《おととい》は　遠い場所にしか仕事がなく
そこまで行く交通費がなかったために　仕事にあぶれ
昨日は　仕事にありつけたものの　人身事故とかで
たまたま　乗り合わせた電車が遅れてしまい　集合時間に間に合わずに
またもや　仕事にあぶれることになってしまった
今や　ポケットには千数百円の小銭しかなく
明日の交通費を出すと
食事代としては　ほんの僅かな金額しか残らないことになってしまう
早く眠りに就かなければと　焦れば焦るほど
新聞に載っていた派遣会社の違法ないい加減な詐欺行為に対する怒りと
そのような詐欺行為に身を委《まか》して生きるしかない自分に対する言い知れぬ怒りとが

渾然一体となって　ふつふつと自分を襲って来るから
いつまでも　眠りの中へと入っていくことが出来ない
そのような怒りや悲しみや苦しみの感情や意識を外部に対して抱いたところで
何等怒りや悲しみや苦しみは縮減したり減退したりすることなどないのであり
逆に　現在の自己の存在を照らし出すことになってしまい
ますます　耐え難い心の状態に誘《いざな》っていくだけなのだ
そのような経験を何度も重ねた結果
普段は　外部の世界に心を鎖《と》ざして
敢えて　そのような感情や意識を抱かないようにしているのであるが
今日は　どうしたことだろうか
怒りの思いが　次々と心の底から浮かび上がって来て
自分を眠りの世界へと導いていってくれないのだ

こんな私でも　十年前は　人並みの明日や未来を思い描いていたのだ
だが　バブルが崩壊した直後に三流大学を卒業した私にとって
リストラが急激に進行する「超就職氷河期」の中で
正社員として採用してくれる企業や会社は何処にもなく
その辺りから私の人生の歯車は少しずつ狂い始めたのであろうか

最初に勤めた職場は
大学で学んだ専門を生かして地方にある電気関係の会社の契約社員になったのだが
その時に従事した「クリーンルーム」と呼ばれる
塵埃《ほこり》を最小限に除くために完全に密閉された室内での労働によって蒙った
幾つもの後遺症が　今でも
私の心身を重たく蝕んでいるように思われる
白い帽子を被り　白い大きなマスクをし
膝下までもある白い長靴のようなクリーンブーツを穿いて
その上に全身にエアーシャワーを浴びて
ほとんど塵埃の漂わない過剰に清潔な部屋の中で
昼食時間を除いて　半導体を製造するための装置を作るために
連続十時間もの立ちっぱなしの労働に従事して来たのだが
部屋の中の埃を外部に押し出すために気圧を高くして空気を還流しているものの
作業に使う有機溶剤の方は気化して　還流の過程で徐々に濃縮されていくのであり
その気化した有機溶剤を吸引したり
作業に使うレーザー光線の遺漏した光を浴びたりしたことが影響したのだろうか
次第に　激しい吐き気や下痢や頭痛に襲われるようになって
最後には　食べ物の味も匂いも全然分からなくなってしまい

恐ろしくなって自分から会社を退職したのだった
でも　そのような心身を磨耗する苛酷な労働の対価は
その中から　入れられていた寮の家賃や光熱費や水道代や貸し布団や貸しテレビの代金や
送迎のバス代まで引かれて
度々残業までもしたのに
手渡された金額は　毎月　僅か十二、三万円でしかなかったのである
そして　その後　嗅覚や味覚の感覚が戻るまで
実家に戻って　両親の世話になりながら　ブラブラした生活を送っていたのだが
いつまでも　そのような生活を送っている訳にはいかず
再び実家を出て　都心の近くで　次に就いた仕事は
やはり　すこしでも自分の学んだ専門を生かそうと
大手の家電量販店の契約社員になったのだが
ここでも残業に次ぐ残業で
しかも　その残業もサービス残業にされて　残業代もほとんど出ないのに
一日十数時間以上も働くことを義務付けられ
家電量販店に働きながら　購入したテレビや炊飯器等の家電製品も利用することもなく
睡眠の時間を確保するために　朝食を取らずに
夜の食事もコンビニやファストフード店の食品で済ましてしまったりと

いつの間にか　身も心もガリガリに痩せ細り
再び　激しい吐き気や下痢や頭痛に悩まされるようになったにも拘らず
休みたくても　自分が休めば　それだけ同僚達が自分の分を埋めるために
更なる長時間労働を余儀なくされることを思うと
休むことが出来ずに　無理して　ただひたすら働き続けて来たのである
流行性感冒《インフルエンザ》に罹ったのであろうか　高熱が出て起き上がることが出来なくなってしまい
会社を休むことになったのだが
それまで週に一度の休日以外
一年半もの間　ずっと一日も休むことなく働き続けて来て
たった四日間休んだだけなのに　会社は馘首《クビ》を通告して来たのである
それから　今まで　生きるためにいろいろな請負や派遣の仕事に就いて来た
請負会社の都合で　三月《みつき》とか半年とかの期間で　全国各地に飛ばされ
愛知県の自動車工場や山形県の電機部品工場や宮城県の食品加工工場など
全国を股に掛けて　転々と　命じられるままに　働いて来たのだが
何処の職場も　待遇においても条件においても　大差なく
使い捨て可能な安価な労働力として
機械と同じく　いや機械は故障すれば修理されて再利用されるのに
私達のように単純労働ばかりで何の技術も身に付けられなかった人間達は

病気や怪我《けが》で体に故障が起これば　そのまま捨てられてしまうのだから
その度ごとに　機械以下の部品のような存在であることを
嫌というほど　思い知らされて来たのだ
でも　そのような仕事も　三十歳を過ぎると　求人が極端に少なくなって
結局「スポット派遣」といった一日単位の仕事に就くしかなくなってしまい
しかも　その仕事さえも　毎日あるともないとも限らないのであり
収入が滞《とどこお》れば　アパート代や公共料金の支払いが出来なくなって
たちまち　大きなボストンバッグを提げたり　リュックを担いだりして
一日千数百円で仮眠を取ることの出来るネットカフェを
転々とする生活を送るようになっていくことになる
いや　それは　まだ　いい方で
ネットカフェを利用する金を所持していなければ
雨風だけはようやく凌《しの》げる
高速道路の高架下や　終電から始発までの間のシャッターがおりている駅の入口付近で
段ボールにくるまって　眠らなければならないのだ

畳一畳分程の個室に仕切られた私の泊まっている部屋の右隣りの部屋の方から
先程まで暴風のような大きな鼾が聞こえていたのだが

今は何も聞こえず　昼間の労働の疲れから熟睡しているのだろうか　それとも
日常の日々においては　決して実現することがないと思われる
正社員に採用されてスーツに身を包んで会社に通う夢か
昔好きだった女性と結婚して　親子三人でディズニーランドにでも行っている夢を
見ているのだろうか　いや　決して　そんなことはあるまい
たとえ　夢を見ていたにしても　私がいつも見る日々の現実を反映した夢と同じように
携帯電話に何日も続いて派遣業者からの連絡メールが全然入っていないとか
非常に高い高層の建物の建築現場から足を踏み外して落ちてしまうとかいった夢を見て
夢の中でも肝を冷やして苦しんでいるはずである
そして　私の泊まっている向かいの部屋の方からは
寝言なのだろうか　はっきりした声で
「何やっているんだ」とか「馬鹿野郎」とか「死んでしまえ」とかいった言葉が
連続して聞こえて来る
派遣業者や派遣された先の職場の従業員から　度々投げ付けられる罵詈雑言の言葉を
日常の日々の中では　そのまま聞いて　呑み込まざるを得ないのだが
逆に　その言葉を　その相手に向かって　今　夢の中で投げ返しているのだろうか
そのようなことを思い浮かべていると
いつものように　体のあちこちがむず痒《がゆ》くなって来た

自分自身の存在の惨めさを　外部の情況や光景によって浮き彫りにされると
決まって　いつも　体全体が痒くなり始めるのだ
先日も　駅に近い食堂で　自分にとっては御馳走の部類に入る
牛丼の上に乗っているような煮た牛肉を皿に盛った六百円の定食を食べながら
テレビを見ていると　テレビには
東京に在るレストランや和食の店に等級を付けた本が紹介され
それに掲載されている三ツ星の評価がされた
一食数万円もする店が映し出され　それに続いて
今年も自殺者の数が三万人を越えたというニュースがキャスターによって読み上げられ
それに対するコメンテーターの
戦争や難病で失いたくない命を失う人がいるのだから
命を無闇に粗末にしないでというコメントを聞いていたら
やはり　体全体が痒くなって来たのだ
小・中・高の学生生活を通して　何よりも「命」が大切だと教えられて来たが
大学を卒業して以来一度たりとも
「命」を大切にする現場に立ち合った記憶などないのであり
「平和」な日常など何処にもなくて
いつも　私の過去の来歴は「戦場」のただ中にあったように思われたのである

そして　体が痒くなるとともに
「希望は戦争だ」*という思いが　心の中に唐突に浮び上って来たのだ
それは　生き難い現実に対する私の自暴自棄《やけっぱち》的な破壊の願望なのだろうか
それとも　それは　平和で安定した日々の生活を送ることの出来る
回りの多くの人達に対する私の嫉妬の思いなのだろうか
今もまた　体中がむず痒くなって来た
目・鼻・口・耳・手足・腹部・臀部・背中と痒みは体中に広がり
胃や腸や肺といった体の内部も痒くなり
更に痒みは　リクライニング・シートや机やパソコンにまで伝染し
最後には　インターネットカフェ全体までもが　むず痒い状態になったのである
そのような痒みに対処するために　爪を立てて掻くことになれば
また　折角治癒しかけた体中の瘡蓋を引き剝がすことになるのだと思いながら
痒さに耐えられずに　全身を爪を立てて掻きむしり
体中を血だらけにしながら　私は
私達フリーターの不幸を餌食に肥え太っていく
平和で安定したいま・ここの社会を破壊し流動を起こすために　声を限りに
「戦争は希望だ」　「戦争は希望だ」　「戦争は希望だ」　と叫び続ける

＊赤木智弘著『「丸山真男」をひっぱたきたい――三一歳、フリーター。希望は、戦争。』(朝日新聞社)

偏差値の伝染病《パンデミック》

先ほどまで　残照に赤く照り輝いていた空も
青色から紺色へ紺色から濃紺へと移ろい
黒く浮かび上っていた遠い山並みの光景も
いつしか　溶暗の中へと消え去って
辺り一面に林立するビルの窓だけが
尚一層明るさを増して競うように輝いている
黒版を背にして喋り続けている予備校の年老いた講師の
「今　窓の外に繰り広げられている夕焼けの美しさというものを理解出来なければ
人を感動させるような小論文を書くことは出来ないし
国語であろうと他の教科であろうと

高得点は望むべくもないであろう」という真《まこと》しやかな言葉に促されて　僕は
終了するまで　窓の外に繰り広げられている夕焼けの一大ページェントを
長い時間　見続けていたのだが
その夕焼けの下の黒い山並みの影が
漆黒の闇に包まれて分からなくなると　前の意識の状態に戻って
黒版に書かれた大量の文字をノートに書き写そうと　机に目をやると
授業が始まる前に返却された
朱で真っ赤になった小論文の演習の用紙が目に入って来た
特に　返却された時にも　確認したのであったが
端の上部に記された得点と偏差値とが目に入って来たのだ
そこには　僕が目指している大学の学部の安全圏であるAランクには
とても及びもしない偏差値54という為体《ていたらく》のCランクの指標が記されてあった
黄金色《こがねいろ》から赤色に徐々に移ろっていく夕焼けの微妙な色調に
何の疑念も抱かずに素直に感動出来る心を持っているのに
どうして　僕の偏差値は上昇を遂げることがないのだろうか
自分の回りの人達はどの位の偏差値を取っているのだろうかと
自分と比較しながら　あいつは幾つ　こいつは幾つと決め付けて　回りを見渡していると
いつものように　腹部がしくしくと痛み出し　トイレに行きたくなったが

回りの目を気にして　必死に体を前後左右に動かしながら我慢していると
我慢し切れなくなった便が　僕の尻の穴から　パンツの外へと少しずつ漏れ始めた

駅のコンコースは　いつものように混雑していた
午後九時を過ぎたというのに　どこからこんなに多くの人達が湧いて来るのだろう
予備校の講師に国語力をアップするためにと　読むことを勧められた
新聞にたまたま載っていた世界の労働時間の比較によると
ヨーロッパの労働者は午後五時には会社や工場の労働から解放されて帰宅するという
デパートも午後六時に　スーパーマーケットも午後七時には　店が閉まってしまうらしい
勿論　学生もまた　そんなに遅くまで何処かで勉強に勤《いそ》しむことなどない
いや　勤しもうにも　塾や予備校といったシステム自体がないのだ
日本のサラリーマンや学生は
どうして　こんなに遅くまで　働いたり勉強したりしているのだろうか
幼い時に父母に質問すると
口を揃えて二人からは「明日の幸福《しあわせ》のために」という返事が返って来た
でも　その明日とは　いつ実現する明日のことなのであろうか
冷たい北風がレジ袋を巻き上げてホームを横切っていく
先ほどの便に塗《まみ》れたパンツを

予備校のトイレで脱いで　そのまま芥函《ごみばこ》に捨ててしまったので
ズボンの内側を風がスウスウと抜けて　寒さが一層身に染みるのだ
列車は遅れずに混雑したホームに走り込んで来た
どうやら　今日は人身事故が何処にもなかったらしい
自分と同じ大学を受ける受験生が一人でも多く消え去ればいいと
意味のない不謹慎な思いに耽りながら　列車に乗り込もうとすると
発車のベルはまだ鳴り終らないのに
どっと体当たりをして押し倒すかのように後ろから乗客が乗り込んで来た
怒りの表情で振り返ると
そこには　遅くまで部活動をしていたのだろうか
スポーツ・バッグを襷《たすき》掛けに肩から掛けた
E高校の坊主頭の生徒が息を切らして立っていた
何故か　その時　僕の頭の中に
侮蔑の思いと共に　偏差値49という数字が浮かんだのだ
そして　そのまま　そのことを意識しながら　列車の中を見回してみると
そこには　D高校の生徒も　B高校の生徒も　F高校の生徒も　乗り合わせていて
僕の頭の中には　高校の名前ではなくて　53や62や45といった偏差値が
次々と　写真のフラッシュのように浮かんで来た

そして　それに続いて　僕の眼の中に
乗り合わせていた老若男女の全ての人達が
容貌や容姿や身にまとっている服装や装身具や背の高さや胸の大きさなどを
相対化し勘案し換算した偏差値となって　次々と押し寄せて来た
62　47　53　41　57　68　46　71　39　…　…　…
列車の振動に合わせて揺られていく乗客達の肢体は
感情や意識を持たない等身大の偏差値となって
僕の眼の中で　押し合い圧《へ》し合いしながら　激しくスパークし続ける

車輌一杯に溢れ返った偏差値のただ中で
逆に僕は　僕自身の存在全体を集約した僕自身の偏差値にも
向き合わなければならなくなってしまって
いつものように腹痛と便意に悩まされることになったのだが
今度は　ズボンの中に便が漏れることなく
いつも乗降する駅に下り立ち
そのまま無事に家に辿り着くことが出来たのであった
家では　教育費の足しにするためにパートに出るようになった母が
遅い僕の夕食を作って一緒に食べようと待っていてくれ

僕が食べ始めると　母も箸を付けて　何気ない世間話をしながら食べ始めたが
僕が食べ終る直前になると　箸を置いて母は
今日着いたばかりの予備校の通知に載っていた僕の偏差値について
「心配だよ」と口を挟んで来た
母の口から偏差値という言葉が発せられるや否や　僕の脳裏には
母の容貌や容姿や胸の大きさや料理の出来具合や掃除の仕方等を示す偏差値が
留まることなく　62、49、46、57、…、…、と　次々にと浮かび上がって来た
そして　それに続いて　サービス残業のためにか　まだ帰っていない父についても
容貌や容姿や背の高さや給料や役職等についての偏差値が
次々に　48、63、67、52、55、…、…、と　留まることなく浮かび上がって来た
そうすると　普段は家では　めったに腹痛が起こったり　便意を催すことはないのだが
激しく腹部が痛み出し　慌ててトイレに駆け込んで
僕の体全体に溜まった苦悩の偏差値を　便と共に排出すべく
便器に腰掛けて息《いき》み始めるのだが
そのような僕の脳裏には　留まることなく
後から後から　僕を取り巻く外部の様々な事象や事物が偏差値となって
襲うように浮かび続ける

吐き気に耐える通勤列車

揺れている
前後左右に揺れ続けている
普段の日常生活においては　ほとんどあり得ない
体と体とを交接したように密着したままの状態で
押し合い圧《へ》し合いしながら運ばれていく
乗車率二百五十パーセントを遥かに越える列車の中で　私は
冷汗をたらしながら胃の辺《あた》りから湧いて来る吐き気に耐えている
次の停車駅の赤羽までは先程大宮駅を出たばかりだから　後十分程は掛かるだろう
大宮駅で一旦降りてしまえば良かったのだろうか
この混雑した列車の中で嘔吐してしまったら　どうなるのだろうか

駅が近付くと減速するために
それに合わせて　乗車している人達も大きく前後に揺れることになり
その衝撃で　私の吐き気は尚一層募《つの》ることになったのだ
だが　不正規雇用のプログラマーの私は　遅刻すると減給されるために
間もなく吐き気は治まるのではないかと高を括《くく》って
無理して　そのまま乗車し続けてしまったのだ
生唾を呑み込み　吐き気を堪《こら》えている私の乳房と乳房の間辺《あた》りのむかつきを
更に増幅するかのように
「この列車には　グリーン車が付いています　グリーン車は4号車と5号車です
グリーン車を御利用する場合には　乗車券以外にグリーン券が必要です
グリーン券を車内でお求めの場合には　駅での発売額と異なりますので御了承ください」
といった車内放送が流れて来た
今日の私のように体調が悪かったり　疲労困憊したりしている場合には
誰でもが　グリーン席に安楽に座って通勤したいと思うであろう
でも　以前　疲れていたので　利用しようと
駅の構内に据え付けてあるグリーン券の販売機を覗いてみたら
何と　平日　五〇キロまでの料金が七百五十円もし
五一キロ以上が九百五十円であった

しかも　車内で求めると　それはそれぞれ　千円と千二百円に高騰するのであった
時給九百五十円で働いている私は
残業代を含めると　年収は漸《ようや》く二百万円を越えるものの
そこから国民健康保険料と国民年金の代金を支払わなければならず
親と同居している居候独身者《パラサイト・シングル》であるから
住居費が掛からずに　何とか　かつかつの生活を送ることが出来るのであって
体調が悪いからといって　グリーン券を購入してまで通勤することなど出来ないのだ
だが　いつも　グリーン車の席は　ほぼ満席の状態で
自分と同じような若い年齢の人達も　ゆったりとグリーン席に身を委ねて座っている姿が
駅のホームに入って来た電車の車窓から眺められるのだ
一体　どのような階層や階級の人達が　そのような高額の料金のグリーン席を利用して
通勤したり通学したりしているのだろうか
私が利用している高崎線や湘南新宿ラインの全ての列車に
グリーン車が接続されて走るようになったのは
大企業の役員や株主等の一部の人達だけが豊かになったのに
一般のサラリーマンの給料は据え置かれた
小泉構造改革路線の下《もと》での「いざなみ景気」のただ中で
製造業への派遣労働というものが自由化されていったような

規制緩和の凄まじい進行と軌を一《いつ》にしているように見える
吐き気が一層増して来た
今朝食べた賞味期限の切れたレトルト食品が悪かったのか
それとも　以前ダイエットをした時に　何回も生理が止まってしまったこともあって
あまり気にしていなかったのであるが　生理が二月《ふたつき》以上もないのは
同僚の契約社員の恋人と　週末ごとにラブ・ホテルに通っていたので
妊娠したのであろうか
いや　それとも　職場の人間関係や労働そのものに対する自覚化されない拒否意識が
そのような吐き気というものになって立ち現れて来たのであろうか
列車に備え付けられた椅子にでも座れば　少しは吐き気が治まるのだろうが
満員電車の中では　そんなことは決して望むべくもないのだ
上尾《あげお》駅を列車が出た直後に　恒例の
「この電車には優先席があります
お年寄りや体の不自由な方　妊娠中や乳幼児をお連れの方がおりましたら
お席をお譲りください　お客様の御協力をお願いします」
といった車内放送があり
その放送に促されるように　優先席の近くに立っていた私は
口に手を当てて気持ちが悪い状態に陥っているということをポーズで示したのであるが

優先席に座っている人達は　誰もそのポーズに気付かずに
ただ　携帯に夢中だったり　眼を瞑っていたり　本を読んでいたりと
自分の世界に浸っているだけで
優先席を必要としている人の存在などに目を向けない
いや　今は　普段の私が　そうであるように
電車の中だけではなく　世間一般においても
自分の生活を支えることに精一杯の状態に追い詰められている人達は
他者の痛みや苦しみについて振り返る余裕を失ったまま生きている
吐き気が更に強まり　堪え切れない状態にまで追い詰められた私は
なんとかトイレに行こうと思うが
どうやってトイレのある後方の車輛までたどりつくことができようか
壁のように立ちはだかる人達の群れを前にして
そのまま途方に暮れて　間もなく次の駅の赤羽に着くだろうと
突き上げて来る吐き気を堪えていると
更に追い討ちを掛けるように　突如　電車が急ブレーキを掛けて停車した
少し　そのままの状態で停止していたが　間もなくすると
「新宿駅構内で　人身事故が発生しましたので　その影響で停車しています
運行につきましては　分かり次第連絡しますので　もう少し　お待ちください」

という車内放送が流れた
列車に乗り合わせていた人達の表情にも　遅刻することへの不安からか
強張《こわば》った苛立ちと困惑の思いが浮かび　重苦しい空気に包まれた車内の中で
私の吐き気も　もう我慢の限界に達しようとしていた
昨日　残業を遅くまでして家に帰って　すぐに
いつものようにテレビのスイッチを入れると　ニュースの時間だったのか
ここ十年以上　毎年　自殺者の数が三万人を越えていますという放送が流れたが
以前ならば　自殺に至らざるを得なかった人達の生活に思いを馳せて　同情しながら
様々な感慨に耽ったはずなのだが
その後の日々の時間を通して
誰でもが抱く細《ささ》やかな期待や願望や夢を　ことごとく打ち砕かれ
他者や社会に対する信頼を失ったまま　ただ生きていくことだけを選択した私にとっては
明日は我が身であることを無意識の内に恐れたのか
テレビのリモート・コントロールを手にして　いつものように
お笑い芸人がナンセンスなギャグを飛ばし合う番組に変えてしまったのだ
それと同じような　人身事故に関する車内放送を聞いても
一体　誰が　列車に飛び込んで死ぬことを選んだ人の悩みや苦しみに
思いを馳せることがあるだろうか

間欠的に込み上げてくる激しい吐き気に堪えながら
そのような思いに耽っていると
急に胃の辺りで逆蠕動《ぜんどう》が起こって
慌ててしゃがみ込もうとする間もなく　口を覆っていた手の間から吐瀉物がもれた
私の周囲にいた茶髪の若い男達から
「汚ねえ」とか「なんで　こんな所で吐くんだよ」とかいった
罵声が飛んだが
私の隣りにいた中年のくすんだ背広を着た男の人は
手に持っていた新聞紙を黙って差し出してくれたり
少し離れたところにいた着物姿の年配の女の人は
「大丈夫」と優しく声を掛けてくれながら
自分の持っていたティッシュ・ペーパーを束《たば》ごと手渡してくれたりした
その後　車内は
以前と同じように　静かになって
乗り合わせた乗客達は
電車が再度順調に動き出すのを首を長くして待っていたが
「人身事故の後の処理に手間取っていますので
お急ぎのところ　ご迷惑をお掛けしておりますが

運転再開まで　もう少しの間　お待ちください」
といった車内放送はあったものの
電車は一向に　動く気配を示さず
車内で肩を並べる見ず知らずの人達は
誰に向けていいか分からない怒りの嘔吐を　懸命に耐えながら
ただ　ひたすら　待ちに待ち続ける

格差からのドロップ

「今は山中今は浜　今は鉄橋わたるぞと
おもう間もなくトンネルの　やみを通って広野原」
どうして　こんな時に
昔口遊《くちずさ》んだ童謡が　蘇って来たのだろうか
新幹線の車窓の外を様々な光景が猛スピードで移動し続けている
それは　都会の生活に疲れ果てて郷里に帰っていこうとしている私自身を
自ら慰さめようとした結果であろうか
それとも　都会の日々を見限って郷里での新しい暮しを始めようとしている私自身を
自ら励まそうとしている無意識の帰結であろうか
非常勤講師として勤めていた公立の高等学校を　この三月末に止めるまでは

朝二錠　昼二錠　寝る前に五錠といった長いトンネルに入ったような薬漬けの日々が続いていた
昨年の二学期が始まって少し経った頃から
朝起きるとすぐに強い吐き気に襲われ
夜には布団に入るものの学校での出来事が忘れられず　いつまでも眠れなくなってしまっていた
小学校の中学年で学ぶ分数や小数の加減乗除の計算が身に付いていない生徒達にとっては
高等学校の一年次に習うことになっている二次関数の放物線のグラフなど分かるはずもなく
退屈を紛らすために携帯電話を弄《いじ》ったり漫画を読み出す生徒が続出した
その学校は生徒管理上
授業中　携帯電話を使用したり　漫画を読んでいたりする生徒がいたら
直ぐに取り上げて　生徒指導部に連絡して
その後　謹慎や反省文等　程度に応じて何等かの処分が
生徒指導部から機械的に下されることになっていた
学校は刑務所ではないから　罰よりも指導こそが大切だという教育理念を持っていた私は
口答で叱責するだけで　そのまま仕舞わせて授業を続行したが
生徒達はそのことを良いことに
時間の経過と共に　次第に携帯電話や漫画やお喋《しゃ》べり等の悪戯《いたずら》が激増し
授業の初めに行う小テストにおいてもカンニングが横行するようになってしまった
それは　私が私にとっての三回目になる教員採用試験の一次試験に合格した直後から

急に増加する傾向になったのだ
「夢を持って生きなさい　そうすれば　それは必ず実現することになる」と
自分がかつての高校時代の担任から言われて感動した言葉を
今度は自分が自分より七、八歳若い生徒に向かって言い続けたが
格差や貧困は連鎖するという言葉の通り
勉学よりも生活費を稼ぐためにアルバイトに日々励まなければならない
収入の安定しない派遣社員を正業とするシングルマザーの母子家庭に育った少女や
病気を患いリストラに遭って妻にも愛想尽かれた生活保護費を貰う父の元で育てられた少年に
そんな今までの生活において何の実体もない言葉は通じず
意趣返しのように　学級崩壊に近い混乱した状態が現出することになってしまったのだ

「遠くに見える村の屋根　近くに見える町の軒《のき》
森や林や田や畑　あとへあとへととんでゆく」
車窓の外の風景は　緑に包まれた田畑や森林から
新建材とコンクリートで出来た家屋の連なりへと移り変り始めた
間もなく私の乗った新幹線つばさ号は　山形駅へと到着するであろう
私の郷里の家は　そこから更に　左沢線《あてらざわせん》に乗り換えて
終着駅の左沢の二つ手前の羽前高松で降りてバスに乗り換え

そのバスで二十分程行ったところにある月山《がっさん》南麓の間沢《まざわ》という集落にあった
幼い頃　電車を見る度に　電車に乗り込んで　何故かそのまま
何処か遠くに行ってしまいたいという衝動に駆られた
その縁で　私の家から最も近いところにある寒河江《さがえ》高校に入学した直後に選んだ
クラブ活動は　鉄道同好会であった
顧問の国語科の教員から　鉄道に関する話よりも
山形の教育の伝統である「北方教育」や「綴方教育」の熱い話の薫風を受けることになって
将来の職業として教員を目指すことになったのだが
何故かずっと国語よりも数学が得意だったので　数学の教員を目指すことになったのである
家があまり豊かではなかったので
大学時代は奨学金とアルバイト代で　授業料とその他全ての生活費を賄ったのだが
卒業時には奨学金＝教育ローンの残高は何と五百十六万円というかなりの額に上ったのである
その金額は金利負担を合わせると毎月三万円ずつ返却しても
二十年経っても返し得ない程の高額に膨れ上がっていたのである
教員採用試験に落ちてしまったために
臨時採用の非常勤講師として働くことになったのだが
その給料は所得税や市県民税や健康保険代等を引かれて
何と手取り十四万五千百円といったかなりの低額でしかなかったのである

つまり今流行《はやり》の年収二百万円以下のワーキング・プアーとして私も
働き始めなければならなかったのだ
驚いたことに　今の学校現場は
そんな臨時採用の何人もの非常勤講師の労働によって支えられていたのであった
そんな時に　偶々《たまたま》　休憩時間に息抜きのために訪れた図書室の書架に
かつての趣味であった鉄道ファンのための雑誌『鉄道ジャーナル』を見付けた私は
手に取って　パラパラとページを繰っていると
ＪＲ九州の超豪華寝台列車「ななつ星　in　九州」の
重厚なチョコレート色の機関車の写真が目に飛び込んで来た
走る美術館とも言われているように
内装には木がふんだんに用いられ　壁は組子細工　天井は格子天井　シャワールームは檜《ひのき》造りで
床には手製の京丹後の緞通《だんつう》が敷かれ
客室の備え付けの洗面鉢は柿右衛門窯の赤絵磁器の濁手《にごしで》が
淡い光を放つ卓上のランプは今右衛門窯の色鍋島が用いられ　至る所に匠の技が生かされていた
ノスタルジックな思いを引き起こす古代の漆が塗られた車体の
一号車は展望車－ラウンジカーでピアノとバイオリンの生演奏のもと　ダンスを踊ることが出来
二号車は茶室の付いたダイニングカーで地元の最優秀なワインと高価な食材の料理が提供され
後の三号車から七号車までが客車用で

ベッドで寝たままの状態でも外の風景が見られるように窓の位置が低い位置に設けられている
非常に驚いたことは　列車全体で定員は僅か三十名までで
三泊四日の旅の料金は一室二名で　何と一人五十万円を超えるとのことだった
その当時　私はトイレもキッチンも共同で使用する
窓もうまく開かない前時代の六畳一間の古びたアパートに一月《ひとつき》二万五千円で暮していたが
その超豪華寝台列車のたった三泊四日の料金は
私のアパート代の二年分にも相当する料金であったのだ

「回り燈《どう》ろうの絵のように　かわるけしきのおもしろさ
見とれてそれと知らぬ間に　はやくもすぎる幾十里《いくじゅうり》」
生まれてから二十四年に渡る私のそんなに長くない回り燈籠のような歳月の中で
記憶に鮮明に残っている景色は
白日の広野原や巷の大通りで演じられる闇に包まれた貧困と拡差に関わる光景だった
高校時代に熟考の末に私が教育に携わろうと思ったのは
そのような貧困と拡差の矛盾や問題を解決する手立てに
教育というものがなりえるのではないかと思ったからであった
でも　実際教師という存在になってみると
教育というものは　貧困と拡差の固定化と拡大化に大いに貢献する

合理的な方途ではないかと思わざるを得ないような体験を幾つもすることになったのである
普通であれば　未来に対して血気や野望に溢れる高校生の年齢でありながら
親の年収や家庭の環境によって　勉強をする条件や機会に恵まれなかった子供達の多くは
ことごとく自分は頭が良くないから　あまり希望のない人生をしか選べないのだと
終末期の老人のような諦念や断念を抱いて　その場限りの享楽的なゲームに走り続ける
そのような中で私も臨時採用という不安定な身分を強いられ
同じ労働現場で三年間不正規の労働者として働き続ければ
正規の労働者として採用しなければならないという法律を逆手に取られて
年度末に一端首を切られ　たった一日程の時間の猶予を置いて
年度初めに再度任用されるといった　ボーナスも出ない低賃金の一年単位の契約を繰り返す
その日暮しの何の未来の展望もない不正規の労働者だったのだ
世間にはあまり知られていないのだが　教員の世界においては法的に残業が認められておらず
そのために残業手当が一銭も出ないにも拘らず　正規採用の同僚達も
朝早く七時頃に出勤し夜遅く七時か八時頃まで毎日と言っていい位にサービス残業を繰り返して
余裕もなく皆一様に疲れ切っていた
そのために　私が生徒との関係に悩んで精神的に不安定になって机に突っ伏していても
誰も一言でも意味ある言葉を掛けてくれるどころか
皆《みんな》と違った自分勝手な方針を貫いた結果だと逆に声高に非難の言葉を投げ掛けて来たりしたのだ

そのような経験もあって
三度目の正直で教員採用の二次試験にも合格して
来年度からは晴れて正式な教員として教壇に立てることになったのだが
私は採用を断って　郷里の村に帰っていくことにしたのだ
郷里の家には　夫を早く亡くしたために家業の椎茸栽培を女手で一人で担いながら
行楽シーズンには近くの観光客相手の食堂を手伝って生計を賄っている
五十歳を少し越えた母親がいるが
近所の人達と互いに扶《たす》け合いながら　元気に気丈に過ごしているので
何も　自分が郷里に帰って　その母親を手助けし面倒を見る必要は今のところないのだが
郷里にある薪ストーブ用のペレットを間伐材から生産する工場が
働く若い人を探しているという情報を知って
その工場に連絡して　一度帰省して面接を受け　正規の社員として採用が決まったために
こちらの生活を切り上げて　帰っていくことにしたのだった
間もなく　郷里に向かうバス停のある羽前高松の駅に山形から乗り換えた電車は到着するだろう
車窓からずっと外を眺めていたのだが
ここでも　野原や河縁《かわべり》で群れて嬌声を上げながら遊んでいる　子供達の姿が見えない
私の住んでいたかつての都市近郊の街でも　大分《だいぶ》以前から
外で遊んでいる子供達の姿を目撃することが出来なくなっていた

自然の中での遊びを通して　かつて　子供達は
心身を逞しくして　感性や社会性を養い　様々な創意工夫をして創造性さえ身に付けて来た
でも　豊かで便利な生活を追い求めることを価値として
子供の時期から　激しい競争と効率とを強いられて来た結果
私達の大半は　今　生きる意味やその根拠さえも見失い
他者だけではなく自分さえも信じられなくなって
一種のニヒリズムの状態へと陥る羽目になってしまった
郷里の家に帰ったら　暇な時間を利用して
近所の子供を集めて無料の子供の遊びの塾のようなものを開きたいと思っている
勿論　学校の勉強に躓いて悩んでいる子供がいたら　その手伝いをするつもりだ
そして　自分だけの豊かさではなく　皆と一緒に豊かになる道を　共に考え合うことを教えたい
超豪華寝台列車には　この先　どんなに働いても私には乗ることは無縁であるだろうが
四季折々の自然の芳香に包まれた安心した深い眠りの中で
生命力に溢れた人々が互いに談笑し合う列車に乗り合わせて
沢山の星の瞬く宙宇を　颯爽と旅する夢を見ることが出来るであろう

カルテ2・世界

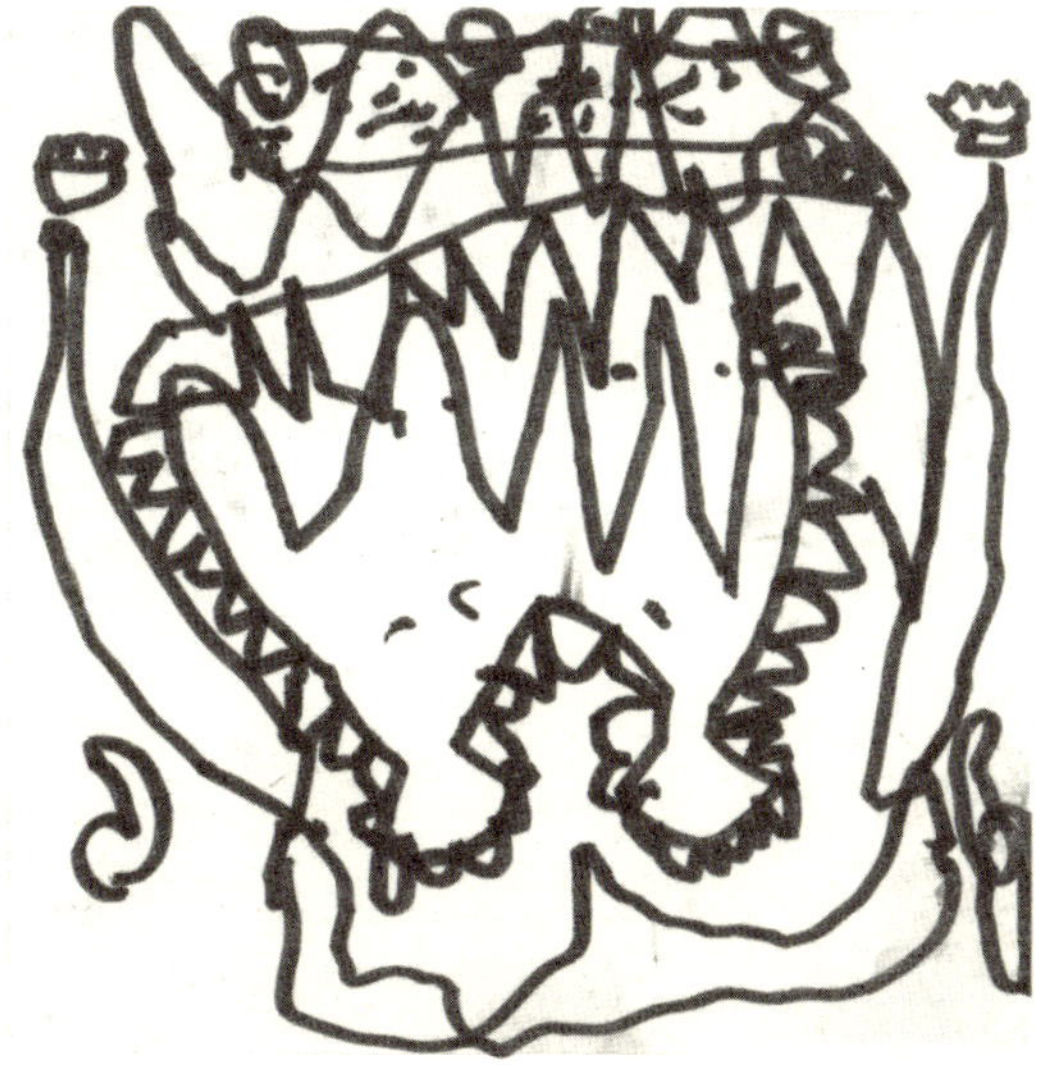

自己免疫疾患に喘ぐアメリカの自滅へと向かう姿態

ベッドの傍らに　備え付けられているテレビには
今日も　昨日と同じように　ずっと同じ画面が
もう何時間も何十度も繰り返して映し出されている
青く澄んだ空を背景にビルが林立し
その林立したビルの中でも一際高い
全く同じ形をした双子ビルの一つの中程《なかほど》から炎が吹き出し
そこからモクモクと黒煙が上空に向かって広がっている
そして　間もなく
双子ビルのもう一方の横腹に　大型のジェット機が突入し

赤い炎が噴出したかと思うと　同じように勢いよく黒煙が上空へと広がっていく
Oh Shit!（くそ！）　Shit! Shit!　とか
Oh No!　とか　Oh my God!　とかいった言葉が映像に被《かぶ》さり
しばらくの間　黒煙を吐いて燃え続けていたツイン・タワーの一つが
上から徐々に　ゆっくりと崩壊を始めたかと思うと
建物を造っていたコンクリートと鉄とが　滝のように崩れ出して
あたかも海辺に作られた砂の城のように　一瞬に消え去り
同じように　南の塔に続いて北の塔もあっけなく潰《つい》え去ると
林立したビルの谷間には
その二つのビルが崩壊した際に発生した夥しい量の粉塵が
一気に広がりながら押し寄せて来て
見る見る内に　辺り一面は何も見えなくなってしまった
続いてテレビは星条旗の波を映し
何もなくなってしまった残骸だらけのツイン・タワーの跡地を映し出した
その映像に重ねるように
画面の下の方に爆心地《グラウンド・ゼロ》というテロップが流れたが
私は　そのテロップが流れると同時に
激しい違和と当惑を感じて

突然　テレビのリモコンを操作してテレビのスイッチを消してしまっていた
私がテレビのスイッチを消したのは
第二次世界大戦中の広島で被爆した軍医であった叔父から聞かされた話や
様々な写真やビデオを通して見て来た広島の惨状を
思い出したからなのであった
あの日　広島の上空五百八十メートルで炸裂した新型爆弾は
桁外れの熱線と爆風と放射線とを伴って
中国山地から流れ出した太田川が七本の支流となって流れる水の都と言われた
広島のデルタの大地を襲ったのだ
目も眩むオレンジ色の閃光が走ったと思ったら　次の瞬間
猛烈な爆風に襲われ　一部の鉄筋コンクリートの建物を除いて
家屋や樹木や人々等　地上に存在する有りとあらゆるものは薙ぎ倒され
その数分後　町のあちこちから火の手が上がり
間もなく　広島全体が炎に包まれ　その炎に追われて
焼け爛れた両腕を幽鬼のように前方に突き出して　必死に逃げ惑う人達は
猛火の中から救いを求めて泣き叫ぶ人達の声を振り払い
道端の至る所に転がっている大勢の黒焦げになった死傷者に何度も足を取られながら

這《ほ》う這《ほ》うの体《てい》で　やっと　救護所のような場所に辿り着いても
傷口をリゾール溶液で消毒してもらうだけで
何の手当も受けられず　そのまま
黒い物体や黄色い液体を吐いたりして　ばたばたと死んでいったのだ
そのような髪の毛がすっかり抜け落ち
男女の区別が付かないほど全身の皮膚が焼け爛れた死骸を焼く火ばかりが
物音一つ聞こえない闇の中に赤々と夜通し燃え続け
昼間もまた　至る所から死体を焼く白い煙が立ち上って　非常に長い間　いつまでも
吐き気を催す何とも言えない悪臭が　広島全体に立ち籠めていたのだ
ポツダム宣言を受諾し　日本の全土に空襲のない生活が戻って来て
広島の町にも　燃え残った柱やトタン板を利用して
やっと雨風《あめかぜ》を凌ぐことの出来るバラック建ての建物が建ち始めた頃
何処からか　原爆が投下された土地には　七十五年もの間　草木が生えないし
原爆の閃光を受けた人は　命を取り留めることが出来ず　間もなく死ぬだろう
といった根も葉もない流言が流れて来たが
その年の秋には　辺り一面　雑草が生えて来て
翌年の春には　焼け焦げた樹々から　新芽が吹き出して　枝となって延び始め
ほっと　胸を撫で下ろしたのだが

やはり　その後も　突然　歯茎から出血したり　髪の毛が脱毛したり
骨髄やリンパ節に様々な悪性の腫瘍が出来たりして
そのような後障害としての原爆症で死んでいく人達は　跡を絶たなかった
首の後に蟹の爪状のケロイドが残っていた私の叔父も
晩年　医業を止めた後　若い時に放射線によってＤＮＡが傷付けられたせいだろうか
甲状腺や胃や泌尿器といった体のあちこちに　次々と様々な癌を患って死んでいったのだ
それでありながら　そのような叔父も　原爆の手記を書き残した多くの人々も
皆　決して　原爆を落としたアメリカを罵《ののし》ることもなく　報復や復讐を願うこともなく
ただ　ひたすら
この世から原爆や戦争がなくなり平和な時代が訪れることを願って
死んでいったのだ
それだからこそ
ジェット機の衝突した貿易センタービルから立ち上がる煙を
like a mushroom cloud（茸雲のようだ）と形容し
鉄と石の死骸が残った貿易センタービル跡地を
ground zero（爆心地）と呼ぶ　アナウンサーや大統領の姿は
まさに　広島で被爆して死んでいった無数の死者達に対する
許し難い冒瀆のようなものに感じたのだ

いや　それよりも　それ以前に　何度も　画面に
「異教徒共《ども》に死を」というテレップが流れたように
一つの意図を持って　そう呼んでいるように感じたのだ
かつて　トルーマン大統領が　広島に原爆を落とそうとした時に
国民に向かって「原爆が神の道に従って使われますよう祈ります」と
語り掛けたように

9・11のテロの現場の映像を私がテレビで見たのは
自己免疫疾患の一種である膠原病という病《やまい》によって
ボロボロに溶解した私の右足の関節を
チタン合金の人工関節に取り替える手術をした直後の
病院でのリハビリ中の出来事だったのだが
それから　一年半以上が経って
もう片方の左足の関節もボロボロに溶解してしまい
また手術をしなければならなくなって入院した折に
その報復としてのアフガニスタンの攻撃に続く　イラク攻撃の緒戦の場面を
またもや　病院のテレビを通して見る羽目になったのであった
インド洋に碇泊したイージス艦から巡航ミサイルが何発も発射され

そのミサイルによって　イラクの首都バクダッドが攻撃される様子が
テレビの画面に映し出されたが
その炸裂したミサイルによって
アメリカを襲ったテロなどとは全く無関係のどれだけの子供や老人や女や男が
無闇に負傷し意味のない死を死んでいかなければならなかったのであろうか
その映像に続いて　何十台にも及ぶ戦争や兵士を輸送する車輛が陸続と
砂嵐で霞む砂漠地帯をバクダッドへと進撃していく光景が映し出された
アメリカはアフガニスタンに対してもイラクに対しても
「テロとの戦争」ということを殊更に主張しているが
第二次世界大戦中　ドイツや日本への無差別爆撃を敢行し　広島や長崎に原爆をも投下し
最近に至るまで
チリでは選挙で民主的に選ばれたアジェンデ政権をテロによって倒したピノチェトを手助けし
ニカラグアではテロリストを武装させ　エル・サルバドルではテロリスト政権を公然と支えたりと
長い間　世界中の至る所で　自ら何度も　テロ行為を犯し続けて来た
アメリカの経済と軍事の象徴である
貿易センタービルとペンタゴンとを攻撃したアルカイダと
そのテロを実行したアルカイダと密接な繋がりがあるとして
アフガニスタンとイラクとを攻撃したアメリカとは

全く同じ姿を纏《まと》った双子のテロリストなのだ
「アメリカは神が地上に創られた最強の国だ」*と
未だに信じている米現政権の新保守主義《ネオコン》派の人達は
今回の同時多発テロを「神がもたらした絶好の機会」だと思って
同時多発テロを行った「悪」の枢軸の存在を撃滅し
地球から追放し放逐していくことを目標としていたのであるが
その「悪」の存在の首謀者であるオサマ・ビンラディンもまた
かつては　そのようなアメリカという国を
「神を大切にする人々の国だ」と褒《ほ》め称えていたのであり
今でも自分の使命は　「善が悪を打ち破る戦い」に全身全霊を賭けていくことだとして
「悪」をこの世から駆逐する戦いに馳せ参じ続けている
このように　いつしか　アメリカとアルカイダは
互いの影となり鏡となって　今では　皮肉なことに
相互に不可欠な存在となってしまった
そして　アメリカの人達は
自分達にとって都合の良い「自由」や「民主主義」といった単一の価値を
他の国の人々も身に付けていくことが価値あることで意味あることなのだと信じて
今日も東奔西走して汗を流しているのだが

そのような意味や価値の押し付けとしてのグローバリズムこそが
世界の至る所に抑圧や貧困や格差を生み出し続け
明日の展望が抱けない自暴自棄になった若者達をテロへと誘い出しているのだ
という事実に思いが至らないために
ただ　ひたすら　軍備を拡張し　戦争の砂漠へとのめり込んでいく
膨大な国防予算も　想像を絶する数や量の最新の兵器も
自らの命を投げ出すことを恐れない　たった十九人のテロリストの前には
何の役にも立たなかったはずなのに
そのようなアメリカは　私にとっては　自己免疫疾患を病んでいる姿態のように見える
職場や家族における他人や家族との関係のストレスが影響したのだろうか
私の免疫システムが狂い始めて
「自己」を「非自己（敵）」として認識してしまうようになってしまった
私のキラーT細胞は
いつしか　私の手足の関節への攻撃を始めて
その部位をボロボロに破壊することを試み続けるようになってしまったが
私の自己免疫疾患が肉体だけであるのに対して
アメリカという国は　肉体だけではなくて
精神や意識の自己免疫疾患を病んでいるように　私には見える

最近　自己の両親の歪んだ屈折した生き方や在り方を嫌悪することが
その嫌な性格や汚れた血を遺伝として引き継いでいる
自分自身の存在にも耐えられなくなって
自己の記憶を抹殺したり改変したりすることによって
今迄の自己とは違った新しい自己を造り出そうとする少年や
自己の両親の交接によって生み出された自己の意志が何等反映されることのなかった
自分自身の容貌や肢体に対する嫌悪から
目や鼻や顔の輪郭線の形を整形したり
髪の毛を金髪や茶髪に染めたり顔にどぎつい化粧を施したりする少女が
増大しているように
自分で自分自身を攻撃し破壊してしまう
精神や意識の自己免疫疾患に罹《かか》っている人間が増化の一途を辿っている
9・11のテロ以降　「反テロ愛国法」を制定し　軍事費の大幅増額をなして
「ならず者国家」に対処するという口実の元
弾道弾迎撃ミサイル（ＡＢＭ）制限条約から脱退し
核兵器態勢（ＮＰＲ）の見直しを図るアメリカの姿は
自ら招いた肉体と精神と意識の自己免疫疾患の病状を
更に進行させようとして拍車を掛ける行為以外の何物でもないように見える

スペインの詩人・ブランコが「天に根ざす者は　地に平和をもたらさない」と
言ったように
どのような高邁な理念を掲げていようとも　所詮　戦争は人を殺すことなのであり
立場が違えば「悪」は「善」になり「善」は「悪」になるのだ
自己免疫疾患に罹った肉体もまた　自分の肉体以外の何物でもないのであり
車椅子に依存することでしか動き回ることのできなかった私が
チタン合金の異物を　ボロボロになった関節の代りに挿入することによって
自分の足で歩き回ることができるようになったように
アメリカもまた　自滅の道を突き進む肉体と精神と意識の自己免疫疾患を治癒して
再生していくためには
異なるものを敵とするのではなく
異質なものとの共存や共生を目指すしかないのである
だが　今日もまた　破滅の道を辿るように
視界が五十メートルを切った砂嵐の中で
大学に進学するための奨学金を手に入れるためや
両親の保険証を手に入れて医者に掛かれない親を医者に掛かれるようにするために
従軍したアメリカの貧しいマイノリティーの黒人やヒスパニックの若者が
ヘルメットを被り　ゴーグルを付け　スカーフで口と耳と襟首を覆っても

何処からか入ってくる砂の粒子に　涙や鼻水を零《たら》しながら　見えない敵に怯えて
テロとは無関係なイラクの子供や老人や女や男達に銃口を向けて引き金を引くのである
そして　また　今日も　無力感と怒りに包まれたイラクの若者達が
世界の何処かで
崩れたバランスを回復するなど　そのような方法では決してできないのに
自分の体に爆弾を巻き付けて
自爆を繰り返していくことになる

＊アメリカの第三十四代大統領・アイゼンハワーの演説中の言葉。ドキュメント映画『アトミック・カフェ』による。

インクラビリの昼間

――ヴェネツィアの旅から

アオミドロのような緑色の波頭は
南中した太陽の光に照らされて
満天の夜空に浮かぶ無数の星のように
絶えず留まることなく　揺れ動きながら
キラキラ　キラキラと　目の届く限り　光り輝き続けている
ドルソドゥーロ地区の岬の先端にある
巨大なクーポラを頂く八角形の形をしたサンタ・マリア・デッラ・サルーテ教会の
高窓から射し込んで来る光に照らされて　堂宇の中に浮かび上った
旧約聖書の『ダビデとゴリアテ』などを描いたティツィアーノの天井画や
『カナの婚礼』をテーマに描いたティントレットの絵画を見た後

この地区の岬の裏側に出ようと
リオと呼ばれる町の中に網の目のように張り巡らされている小さな運河《カナル》に
架けられている橋を幾つも渡り
迷路のような枝分かれした薄暗い家と家とに挟まれた小道《ラモ》を辿って　歩いていくと
突然　不意に
夏の陽光を反射して燦然と照り輝いて広がる緑色のジュデッカ運河に突き当たったのだ
微《かす》かな海の匂いを漂よわせる潮風が　広々とした運河を越えて
少し歩き疲れた　火照った体に　心地好く　吹き寄せる
風の吹いて来る向こう側の対岸のジュデッカ島には
白亜のルネッサンス様式の巨大な教会が超然と屹立して聳え立っているのが見える
あれがレデントーレ教会なのであろうか
ヴェネツィアを再度襲った黒死病《ペスト》の終焉を願って　十六世紀の後半に建てられた教会
「人類の罪を贖《あがな》う者（としてのキリスト）」＝「レデントーレ」
中世のヨーロッパを不安と恐怖のどん底に陥れた黒死病《ペスト》の蔓延の事態の波及によって
いま　私が立って眺めているジュデッカ運河沿いのザッテレの河岸にも
黒く腐敗した死体がごろごろと転がっていたのでないかと　想像していると
何故か　不意に
先程通って来た迷路のような小道の入口辺《あた》りの煉瓦塀に

打ち付けてあった横に長い標札のような物に
「インクラビリの第三の小道《ラモ》」という言葉が記されてあったことを思い出した
肩から下げていた簡易な鞄《かばん》から　再度「伊和辞典」を取り出し　引いてみると
「インクラビリ」＝「治癒の見込みのない　手の尽しようのない病人」と出ていた
ここにかつて病院があったのだろうか
治癒の見込みのない病《やまい》とは一体　何のことだろうか
ペストのことだろうか　ハンセン氏病のことだろうか　それとも結核のことだろうか
「レデントーレ」＝「人類の罪を贖《あがな》う者」が
「キリスト」のことを指し示しているということは容易に分かるのに
「インクラビリ」が何の病気のことを指すのか　分からないまま　私は
次の目的地に向かうために　水上バス《ヴァポレット》の乗り場に向かって
色々な人間の病《やまい》のことを思い浮かべながら　急ぎ足で歩き出していた

石造りの橋ばかりのヴェネツィアの橋の中では珍らしい
大きな木造のアカデミア橋の袂《たもと》から水上バス《ヴァポレット》に乗って
両岸には貴族の館《やかた》や外国人商人の商館等の様々な歴史的建造物が立ち並ぶ
町を大きく二分して逆S字型に蛇行しながら流れる大運河《カナル・グランデ》を通ってカンナレジョ地区へ
運河の両岸にパノラマのように連なる建物と

交錯し流動し行き来する無数の水上バス《ヴァポレット》や水上タクシーや渡し舟《トラゲット》やゴンドラ等を
眺めながら上っていくと　間もなく　目的地近くの停留所カ・ドーロに着いた
その停留所で降りて　その近くの
一階がそのまま運河の水辺に開けた玄関ホールを配した
商館と住居を兼ねた　ゴシック建築の傑作と言われる
今は美術館（フランケッティ美術館）になっているカ・ドーロの建物の中に入り
そこに展示されている
アントニオ・ヴィヴァリーニの多翼祭壇画の　『キリストの受難』や
カルパッチョの『受胎告知』やマンテーニャの『聖セバスティアーノ』等の
絵画作品を見てから　今日の最終目的地に向かって
町の中に網の目のように張り巡らされた小さな運河《カナル》に架けられた幾つもの橋を渡り
迷路のような枝分かれした薄暗い家と家とに挟まれた小道《ラモ》を辿って　歩いていくと
目の中に　突然　ヴェネツィアには珍しい高層の建物群が飛び込んで来た
それがゲットーだった
ゲットーの建物が高層なのは
限られた土地に大勢の人達が蝟集《いしゅう》して居住せざるを得なくなったために
建物が否応なく上へ上へと拡張されていったことによると言う
十六世紀初頭

ユダヤ人の人口の急激な流入と増加に危惧を抱いたヴェネツィア共和国政府は
従来　鋳造所が設けられてあったために
「ゲット・ヌォーヴォ（新鋳造所）」と呼ばれていた　この地域に
市内のユダヤ人を管理するために　一人残らず強制的に移住させたのだが
ここから「ゲットー」という言葉がイタリア中に拡まり
十六世紀後半以降
ユダヤ人に関する中世の抑圧的な立法を悉《ことごと》く細部に至るまで復活することにした
新ローマ教皇のカラッツァの出した教書に基づいて
世界中《ヨーロッパ》の至る所に　強制的に設けられるようになったユダヤ人居住区は
公《おおやけ》にこの名で呼ばれるようになっていったのである
周囲に高い壁を巡らし　夜の時間とキリスト教暦の祭日には閉ざされてしまう門を備えて
厳重に隔離されるようになっていったのである
そして　また　ユダヤ人はどんな不動産をも所有することを禁じられ
知的な職業から排除され　商業活動もあらゆる面で制限されて
その当時の最も卑しいと考えられていた仕事にしか
就くことが出来なくなってしまったのである
その上　更に
圧倒的多数のキリスト教を信じる人達と　その存在の区別を容易にするために

赤や黄色の目立ったバッジや帽子を着用することが
義務として強制されていくことになったのである
それまでも
大火が起こったり　病気が流行《はや》ったり　残虐な殺人事件が起こったり
その他《ほか》　何かの災厄が起こったりすれば
キリスト教徒から　悉く　ユダヤ人の所為《せい》にされて
追放や離散や大虐殺の憂き目にあって来たのだ
そのようなユダヤ人の迫害や排斥は　最近まで　ずっと続くことになるのだが
その中で最も悲惨であったものは
ドイツのヒトラーに率いられたナチスによる
アウシュヴィッツやマイダネク等の強制収容所に設けられたガス室でなされた
組織的な集団的なユダヤ人の何百万人にも及ぶ大量虐殺であろう
それ以前に　ナチスは　ユダヤ人やスラブ人やロマに対する外《そと》なる人種差別政策を
内《うち》なる自国内のアーリア人の選別や排除の差別政策に向けていて
精神的・肉体的に劣等だとされる遺伝的な疾患を持った者達
知恵遅れや精神障害者　反社会的分子や犯罪者
精神病者や戦場ショックによるヒステリー患者　ホモセクシャルや寝たきりの老人等を
シャワー室と偽ったガス室で虐殺していたのだが……

このヴェネツィアからも　貨車一台に八十人以上も　家畜や荷物のように乗せられて
絶滅収容所に送られ　鞄や眼鏡や靴や着衣や刈られた髪の毛だけを残して
渺々《びょうびょう》と広がるポーランドの澱んだ暗い空に　真っ黒な一筋の煙となって消えていった
老若男女の群れをなしたユダヤ人が沢山いただろう
旧約聖書は元々はユダヤ教の聖典であって
その旧約聖書をキリストの出現を予言していた古い契約の書として
キリスト教の教典の一つとしてありがたがる
キリスト教を信じる人達は　私から見れば
ユダヤ教を信じる人達と　血の繋がった兄弟姉妹のように思えるのだが
どうして　キリスト教徒の人達は　ユダヤ教徒の人達を　ずっと長い間
歪んだ尖った憎悪と差別と排除の眼差しで　見詰め続けて来たのだろうか
私達は誰も　髪の毛や眼や肌の色を選んで生まれることなど出来はしない
私達は誰も　両親や場所や時代を選んで生まれることなど出来はしない
それらを理由に　選別や排除を行うとしたら
おお　そのような人達こそ
「インクラビリ」＝「治癒の見込みのない　手の尽くしようのない病人」
そう思いながら　私は
淀んだ小さな運河の上に架け渡されて干してある色とりどりの何層もの洗濯物が

吹いて来る風に煽られて元気良くはためいている様子を横目に見ながら
岸辺の小道を　水上《ヴァポレット》バスの停留所サン・マルクォーラに向かって
帰路に就くために　少し疲れていたものの　早足で歩き出した

帰路に就く途中で　朝方訪ねた
共和国時代は祭礼や公式行事の場であったサン・マルコ広場と
聖マルコの聖遺骸を祭るために建立された金色のドームやモスク風の五つのドームが
何処か東方の雰囲気を醸し出すサン・マルコ寺院を　もう一度　訪れたいと
また　水上《ヴァポレット》バスに乗って　今度は大運河《カナル・グランデ》を逆に下っていったのだ
同じ船上に乗り合わせた　世界の各地からやって来た
眼の色も髪の毛の色も肌の色も違う様々な人種や生活習慣の違う様々な民族の人達は
打ち解けた様子で　肩を並べて　和気藹々《あいあい》と語り合ったり
寄り添うように立ちながら　デッキで　移り行く回りの光景を眺めたりしていた
そのような回りの光景を　先程一度　大運河《カナル・グランデ》を上っていった時に　眺めていた私は
乗船した停留所の近くのキオスクで買った英字新聞を読もうと
持っていた新聞に目をやると　その片隅に載っていた
イスラエル軍が　パレスチナ自治区ガザのイスラム組織ハマスによる
ロケット弾攻撃に対する報復のために

ハマスの関連施設や南部ラファの密輸トンネル地帯などを空爆し　そのために
ハマスの戦闘員や地域の民間人に　多数の死傷者が出たという記事が　目に入って来た
ガザの人達が密輸トンネルを掘って利用しているのは
イスラエル軍が　ガザに住む人達の生活を干乾しにするために
ガザに通じる全ての道路を　徹底的に封鎖し検問しているためだが
この間　私が日本を立つ前にも
イスラエル軍は　そのガザに薬や生活物資を送り届けるために向かっていた
トルコ人を中心にした支援船に　ヘリコプターを使って強行突入して
乗っていた九人もの人達を死亡させた上に　残りの人達を全員　掌捕するといった
狂暴な事件を引き起こしたばかりなのに
一体　いつになったら
イスラエルのパレスチナに対する六十年にも渉る不当な干渉と攻撃は
止むことになるのだろうか
ローマ軍の進攻の前に　一世紀の後半
国を滅ぼされ　逃亡と離散の憂き目に晒されることになった
ユダヤの人達は　その後　長い間　「イエス・キリストを処刑した民」の子孫として
厳しい差別と迫害に晒され続けて来たのだが
そのような反ユダヤ主義の更なる高まり＝「ポグロム」の中で

差別や迫害のない自分達の国を
かつてユダヤの国のあったパレスチナの地に奪回して造ろうという
聖地エルサレムにある丘の名前のシオンから取ったシオニズムの運動が
十九世紀の末から始まり
当時　オスマン・トルコの支配下にあったパレスチナのアラブ人の土地を
オスマン・トルコの君主《スルタン》の認可の元に　購入して　ユダヤ人は移住を始めたのだが
第一次世界大戦中に　戦争の相手側に付いたオスマン・トルコの攪乱を狙って
イギリスが　アラブ人とユダヤ人を共々《ともども》　自分達の味方に引き入れるために
片方では　アラブ人に
パレスチナを含んだアラブの国の独立国家建設を約束したのに
片方では　ユダヤ人に
パレスチナにおけるユダヤの国家建設を支持する約束をしてしまい
その結果　その後　ナチスの迫害が激化することも相俟って
ヨーロッパ各地からパレスチナに移住するユダヤ人の数は
増加の一途を辿ることになったのである
そして　第二次世界大戦終結直後　国連総会において
第一次世界大戦以降　それまでイギリスの委任統治領となっていたパレスチナの地を
イギリスの第一次世界大戦中の「二枚舌」の外交の言葉に示されてあったように

ユダヤ人国家とパレスチナ人国家の二つに分割することを　決定してしまい
ここに　ユダヤ人国家イスラエルが
世界の歴史の舞台に　初めて　登場することになったのである
当然のことに　そのような大国による一方的な決定に対して
激しい不満と違和と憤怒を抱いた回りのアラブの国々は　共に
武力で　イスラエルという国が元のようになかった状態にしてしまおうと
戦争を仕掛けていったのだが
その戦争を含めて　その後五回に及ぶ「中東戦争」に
アメリカの支援を受けるイスラエルは　悉く　時には苦戦の状態に追い詰められながらも
勝利して　現在に至るまで　国家という形態を存続し続ける結果となったのだ
だが　そのために　パレスチナの人々は　イスラエルの人達によって土地を奪われ
離散と逃亡と困窮の生活を余儀なくされていったのである
特に「六日戦争」と呼ばれる第三次「中東戦争」に大勝したイスラエルは
今は暫定的な自治区になっている　占領したヨルダン川西岸地区の
様々な場所に住んでいたパレスチナ人を追い出し　新たに整地して　現在に至るまで
赤い屋根と白い壁の立派な瀟洒《しょうしゃ》な一戸建ての建物群を無数に建設して
外国から多数のユダヤ人を招き寄せて　そのままそこへ入植させていったのである
かつて　テレビや映画のドキュメンタリーの映像で見た

イスラエル人のブルドーザーで　家諸共《もろとも》ナツメヤシとオリーブとオレンジの林を薙ぎ倒され
その傍らで　涙を浮かべながら頭を抱えて途方に暮れる
頭からすっぽりと黒い民族衣装を身に付けた老婆の姿や
学校に通う道に仕掛けられた地雷を踏んで　両脚と片手を吹き飛ばされて
真っ赤な鮮血を流しながら　まだ息をしている幼い少年の白いポロシャツ姿が　蘇《よみがえ》る
おお　世界の至るところで　そのような差別や迫害に遭って来たのに
その苦しみや悲しみや痛みを誰よりも知っているはずなのに
そのような体験を抱えたユダヤ人の本人やその子孫達は
どうして　別な人種や民族の人達に対して　同じような仕打ちをするのであろうか
おお　特に　ドイツのナチスによる強制収容所でのホロコーストの体験をした
ユダヤ人やその子孫達が　どうして　再び　同じような辛い重い体験を
今度は別の人種や民族の人達に　強いるのであろうか
おお　それこそが　「インクラビリ」＝「治癒の見込みのない　手の尽しようのない」
「人類共通の病《やまい》」　なのか

ヴェネツィア本島のホテルが一杯で予約出来ず
対岸のイタリア本土側のメストレ駅近くのホテルがたまたま空いていて予約出来たので
ヴェネツィア本島のサンタ・ルチア駅から列車に乗って　本島を後にしようと

プラットホームのベンチに腰を下ろして　列車が到着するまでの間
イタリア観光協会発行の英語版のヴェネツィア案内を
何気なくパラパラと繰っていると　偶然
今日半日　気に掛けて探っていた
懸案の「インクラビリ」という言葉の意味が
一気に氷解する項目と写真とが出ていたのだ
その解説によると
「インクラビリ」＝「治癒の見込みのない　手の尽くしようのない病《やまい》」とは
「梅毒」のことであり
今日の昼間　私が佇んでいた　あのザッテレの河岸の傍《かたわら》には
対岸のレデントーレ（人類の罪を贖う者）教会と
ほぼ同時期（十六世紀後半）に建設された
梅毒に罹った娼婦達を収容し隔離する病院が立っていたということが判明したのである
コロンブスの新大陸アメリカの発見から始まる植民地分割戦の歴史は
まさに　新大陸の風土病であった梅毒の世界中への蔓延の歴史と重なるのだが
十六世紀の後半　ここヴェネツィアに　梅毒の病院があったということは
その証左以外の何物でもないであろう
ヨーロッパ人最初の梅毒の患者は　現地の女性を暴力で強姦した帰結であったろうが

それと同じく　大国の植民地獲得競争は　最初から
武力＝軍事力を背景にした略奪から始まったのだが
それこそ　私には「インクラビリ」＝強欲な人類の「治癒の見込みのない病《やまい》」に見える
今日　訪れたサン・マルコ広場の
大運河《カナル・グランデ》側に開かれている小広場《ピアッツェック》の入口に立っている二本の高い門構えの円柱も
サン・マルコ寺院の中央の入口の上部を飾る四頭の大きな馬のブロンズ像も
そして　そもそも　サン・マルコ寺院の象徴である聖マルコの聖遺骸も
全て　東方からの略奪品であったように
ヴェネツィアの街中《まちなか》を飾っている様々な物が同じように略奪品なのであって
そのことは　ヴェネツィアの町に限らず
ヨーロッパの全ての都市を飾っている主要な物の大半は
全て　武力＝軍事力を背景に　他国から収奪して来たものなのだ
その中には　侵略された側の人達の血や汗や涙や　苦しみや悲しみや怒りが
沢山固まりとなって詰められているだろう
近代以降になると　そのようなことに　ますます　拍車が掛かって
帝国主義国家の仲間入りを果たした日本もまた
朝鮮や中国といった国を侵略して
ドイツ人がユダヤ人に　ユダヤ人がパレスチナ人にしたように

朝鮮人や中国人の土地や貴重な文物を奪い取って　自分達の国の物にしてしまったり
自国の宗教（神社崇拝や天皇制）や日本語を強要したり
朝鮮名を日本名に変えさせる「創氏改名」を強制したりして
様々な差別や迫害や収奪を　実行して来たのだ
おお　そのような「インクラビリ」＝「治癒の見込みのない病《やまい》」よ
おお　だが　そのような世界や自国の「インクラビリ」の歴史をあげつらっている
私もまた「インクラビリ」に繋がる意識や感性に　同じように　侵されているのだ
停年後までも返却しなければならないローンを組んで
四ＬＤＫのマイホームを購入して　狭苦しい借家暮しから抜け出せたにも拘《かかわ》らず
周囲の他の家の大きさと比較して　自分の家の小ささに
自分の能力と生涯とが　そのまま集約されて詰め込まれているように思えて
他人の財力や生活を羨ましく思うと共に　自分という存在が卑小なものに見えたり
息子の保育園の参観日に　息子と他の子供達との動きを比較して優劣を付けている
自分自身の姿に　愕然として　嫌悪を抱いたにも拘らず
その後も　高校や大学に入学する度ごとに　その学校の世間的な順位と評判に
一喜一憂したりして来た私も　また
差別や迫害や収奪の眼差しを身に付けた者なのだ
そのような競争と比較の意識や精神というものが

差別と迫害と収奪の源でもあり温床でもあるのだ
おお　私達人類は　何時《いつ》になったら
そのような「インクラビリ」＝「治癒の見込みのない病《やまい》」から脱け出し
回復することが出来るのであろうか
列車の車窓を通して　夕焼けの残照に　赤く染まった潟《ラグーナ》と海水とが見える
その　真っ赤な色は　私には
「ゲットー」の人達や「娼婦」の人達や
その他の様々な差別や迫害や収奪に喘いで来た人達の流した
血の色や涙の色や汗の色に見える
私の乗った列車は　間もなく　対岸のメストレ駅に着くだろうが
人類の乗った「インクラビリ」の列車は　今も夜の中を当て所《ど》なく一散に走り続けている
だが　ペストや梅毒や結核や癌等の身体的な「インクラビリ」を
悉く　克服して来たように
いつか　必ず　精神や意識の「インクラビリ」の終着駅に
自ら治癒して　辿り着くことが出来ることを願いたい
たまたま　今日の昼間　水上バス《ヴァポレット》のデッキで　私が何かに躓いて転んだ拍子に
持っていた鞄の口が開いてしまい　その中味が辺り一面に　散乱してしまった時に
乗り合わせた眼や髪や肌の色の違う　様々な人種や様々な民族の人達が

協力して拾い集めてくれたように
また　先程　列車が発車しようとした時に
黒人の老夫婦が　慌てて　乗って来たのだが
あいにく　座席は先に乗って来た人達によって　埋められていたので
肩で息をしながら　席を捜すために　座席と座席の間の通路を移動しようとした途端
それを見ていた何人もの人種や民族の違う若者達が　自分の席を譲ろうと
競うように　立ち上がってくれたように
いつしか　そのような意識や精神が広がって
差別や迫害や収奪の眼差しが　この世から消え去ることを願いながら
私は　今日宿泊するホテルのあるメストレの駅のホームに降り立ち
明かりの灯った薄暗い改札口の方へ向かって　歩き出した

不妊症の海へ

前線が移動したのであろうか
雲の間から日が差して来た
豊かな無量の水を満々と湛えて幽《かす》かに流動する
厳《おごそ》かな湖のような姿の不知火海《しらぬいかい》が眼前に横たわり
こちら側の入り組んだリアス式の海岸の岸辺の左右には
萌え出したばかりの淡い黄緑色の落葉広葉樹の樹々と
ひっそりと交代を繰り返す濃い緑色の常緑照葉樹の樹々が
互いにハーモニーを奏でながら　深い林となって
陸続と何処までも続いている
向こう側には　天草諸島の島々や　その奥の上島《かみじま》・下島《しもじま》が

ぼんやりと霞むように浮かんでいる
そのような光景に囲まれた眼前の八代海《やつしろかい》（不知火海）は
差して来た日の光を反射して
濃い魚影のような銀の細波《さざなみ》を停まることなく無数に立てながら
太古の昔と同じように
絶え間のない命を育む寄せては返す律動を繰り返しているように見える
だが　そのような母胎のような海もまた
もうすでに半世紀もの歳月が流れたことになるが
いや　まだ僅か半世紀しか経っていないと言った方が良いのだろうか
五十年前には
瀕死の瀬戸際にまで追い詰められていたのであった

明神崎と恋路島《こき》と坊主ガ半島に囲まれた水俣湾のあたりには　いつしか
鼻を刺す強い異臭が漂うようになり
漁民の網には　魚の代りに
暗褐色の油状の異様に重たいヘドロばかりが掛かるようになって
水揚量はそれまでの十分の一以下の状態にまで落ち込むようになってしまった
その頃から

魚達は　白い腹を見せて浮き上り
体を何度も引っ繰り返すことを繰り返しながら死んでいき
猫達は　急に走り出し　向かいの壁にぶつかると　また反転して
再び全速力で走り出して反対側の壁にぶつかるといったことを繰り返し
鼻の先で逆立ちをして狂ったように舞いながら死んでいき
鳥達は　酒に酔ったように千鳥足でよろよろと歩いたり倒れたりすることを繰り返し
最後には　海辺の湧き水や岩蔭のほとりで
嘴《くちばし》を水に漬けたまま眼を見開いて死んでいく姿が　目立つようになっていったのだ
そして　それから　間もなくして
人間もまた　魚や猫や鳥達と全く同じような症状を呈するようになったのだ
手足の先端が痺れ始め
物が握れなくなって　食事中に不意に箸や茶碗を落としたり
上がり框《かまち》から降りようとして土間に転げ落ちたり
歩いていても前方につんのめって転げてしまう回数が増え始めると
言葉も　一言ずつ長く引っぱるような甘えた言い方しか出来なくなり
食事もまた　舌が痺れて　うまく嚥下することが出来ずに取れなくなってしまい
やがて　目も耳も　見えなくなったり聞こえなくなったりして
絶え間のない小刻みな震えや全身痙攣が起こるようになって

薬も注射も全々効かずに
病室の壁を爪で掻き毟りながら　犬のような叫び声を発して　死んでいったのだ
また　あるいは　死をまぬがれたものの
食事も排泄も自分では出来なくなったり
痛いとも辛いとも一語も発せずに生ける人形となって眠り続ける存在と化したり
軽微ではあるものの　様々な身体障害や神経障害を患う人達が
次々と生み出されていったのだ
水俣湾を中心に北は熊本県芦北《あしきた》町から南は鹿児島県出水《いずみ》市までの一帯で
このような奇病を病む家族を一人も持たない漁師の家などほとんどなく
この病《やまい》の病因を遺伝だとか伝染病だとかとする風聞の中で
漁民の生活はことごとく極度に困窮し
網を売り　船を売っても　借金の総額は増えるばかりで
その日の米麦にも事欠く生活の中で
いずれ病因だと分かる魚貝類ばかりを　主食のように食べ続けたのだ
熊本大学医学部研究班によって
奇病の原因が
新日本窒素水俣工場から排出された廃液の中に含まれていたメチル水銀化合物であり
そのメチル水銀化合物に汚染された魚貝類を食することによって

中枢神経系統の小脳顆粒《かりゅう》細胞や大脳皮質が脱落したり消失したりしてしまうことによって
引き起こされる疾患であることが判明した後でも
「水俣病のことを言えば工場が潰れる　工場が潰れれば水俣市が消える」
「水俣病患者数百人と水俣市民数万人と　どちらが大事なのか」といった
歪んだ論理が野火のように拡がって
水俣病に侵された人達は　自ら被害者でありながら　差別を恐れて
家から死亡者が出ても　中風だとか　神経痛だとか　と偽って
自分達は水俣病と関係ないのだという道を歩み続けていったのである
そのような一人であった私の母も　東京近郊の埼玉の地で
自分が水俣病に罹患《りかん》していることを隠して　ひっそりと生きて来たのだ
新日本窒素水俣工場の排水口が設置された百間《ひゃくけん》港から少し離れた
北の方角にある舟津の部落の幼馴染みの同じ漁師の家に嫁いでいった私の母の母は
生涯八人の子供をなしたのだが　有機水銀の影響だろうか
一番目と二番目の子供は身籠ったものの数カ月程して流産してしまい
三番目の子供は死んだまま生まれて来て
四番目に無事出産にまで辿り着いた子供は　生まれて来た時から胎児性水俣病で
視力も聴力も定かではなく自ら食事も取ることが出来ずに
一生寝たままの生活を続けることになってしまったのだ

その五番目にその家の次女として生まれて来たのが私の母で
そのような水俣病に関わる辛酸な現実と苛酷な差別を目《ま》のあたりにしながら
汗と涙に包まれた幼少時の時間を送り続けることになったのである
そして　その後、死に至るまでの間
母にとって　どのような曲折した歳月が流れたのであろうか

腹部の胎児が動いたような気がした
眼前に広がる海原やその海原の傍《かたわ》らで敢えなく死んでいった
無数の魚や猫や鳥達の命のことを思っていたから
それに呼応して　お腹の赤ちゃんが動いたのだろうか
私の母は二十歳で結婚して　すぐに私を身籠ったのであるが
私は三十歳になっても何の徴候も見られず
三十歳から三年間もの間　不妊治療にあたって来た
その治療のために要する高額な日々の生活を圧迫する代価と
受胎するために要する恒常的な身心の管理に
ほとほと疲れ果て　ノイローゼの状態に陥ってしまい
その疲れ果てた姿を見た夫からの
「子供がいなくても　二人の生活を大切に送っていけばいいではないか」

という言葉を受け入れて
今までの体外受精等の人工的な不妊治療を全て放棄して
二人の生活を大切にしようと歩み始めて　数カ月しか経たない内に
私は　今　お腹にいる子供を身籠ることになったのである
私と弟の二人を　夫が女を作って出奔してしまった後　女手一つで育て上げた
数え切れない生活の苦労が影響したのであろうか
五十四歳という若さで亡くなってしまった私の母の骨を埋葬するために
初めて母の郷里の舟津の部落を訪れた折に
その近くの魚や貝や海藻等が甦りつつあった八代海が一望出来る湯ノ子温泉のホテルに
泊まった時に　身籠ったのではないかと思われるのであるが
私にとって　お腹《なか》の子供は　私の母の命と魂が　新たに甦った子供のように思える
だが　甦りつつある八代海は　それでも　依然として
チッソの垂れ流した毒液に汚染される以前の海の状態にまでは回復していないのであり
私には　それとは逆に　日本全体が　チッソ化し　不妊の海化へと
突き進んでいっているように思える
そのことは　何よりも　私自身が罹《かか》っていた不妊症という病理そのものが
そのことを体現した象徴的な出来事として雄弁に物語っている
今や　私のような不妊症のカップルが　国内で十組に一組とも　七組に一組とも言われる

高率の按配で　誕生し推移し続け
病因の診察室の前には　そのような男女が　終日　列をなして並んでいる
精子と卵子が結合し　胎児として成長して　出産に至り着くまで
人智の及びもつかない複雑な生命《いのち》の階梯を
一つずつ着実に辿っていかなければならないのであるが
その階梯の一つでも　欠けていたり　踏み外してしまうことになったりしたならば
生命《いのち》の成長は　そこで　当然　途切れたり　阻《はば》まれたりしてしまうことになる

現代においては
あまりにも人間は過剰な人工的な文化や文明を生み出して来てしまった結果
自然そのもののメカニズムを破壊することになってしまって
受精や受胎のメカニズムも　当然　支障や障害を背負うことになってしまったのだ
例えば　それは　女性の場合には
卵子を成熟させるホルモンの分泌が少ないために
卵子自身が成熟していない事態が生じたり
逆に　排卵を促すホルモンの分泌が多過ぎるために
排卵が抑えられたりする事態が生じたりすることになってしまったのである
また　うまく受精に成功した後でも
子宮の内膜に受精卵が潜り込むことを促すホルモンの分泌が少ないために

子宮にうまく着床することが出来ない事態が生じるようになったり
アレルギー反応の一つとしての「抗リン脂質抗体症候群」を発症して
胎盤の血管に血栓が出来ることになって　血液の流れが悪くなり胎児の成育が妨げられて
流産や死産を繰り返すことになってしまったのである

男性の場合には
精巣周辺の静脈が拡張してしまう原因不明の精巣静脈瘤という病気に罹ると
精巣の温度の上昇や血流障害が起きて造精機能が低下して
精子が精液中にまったくないような状態が生じたり
精子が正常に精巣内で造り出されても
精子を運ぶ精管が詰まったり途切れていたりして
陰茎につながる精嚢にまで送り届けることが出来なかったり
精嚢にまで精子が送り届けられても
精液の中の精子の数が少なかったり活動度が低かったりして
妊娠に至らないケースが　多々　生じているのだ

日々の生活における食事や疲労やストレス等の問題が影響して
肉体的にも精神的にもセックスレスになってしまった夫婦の数が
信じられないほどの多数に上ると　マスコミを通して報道されている
そのことは　当然　問題であることは確かなことではあるが

そのことよりも　何よりも問題なのは　私達人間が
性ホルモンの働きを阻害して生殖器官の発達異常を引き起こすダイオキシンや
オスをメス化してしまう環境ホルモン等の有害物質を
空気中や水中や土中に廃棄して
環境汚染や自然破壊を生み出すシステムを造り出してしまったことだろう
私自身のことを振り返ってみても
私の家にある車やテレビや冷蔵庫の多くの生活用品のほとんどが
チッソのような化学工場で作られた様々な材料で生み出されたモノであり
まさに　それらのモノが　家の中だけでなく　家の外にも
何処までも氾濫するように広がっている
それ故　それらの文明や文化を享受している私自身もまた
「もう一人のチッソ」*であるのだ
私達は「命」さえも商品として扱うようになってしまった
市場経済を価値化するシステム社会のただ中で　今こそ
そのような「豊かさ」や「近代化」というものを
新たに問い直さなければならないはずである
私達の列島は　いや　地球の全ての大陸は
不妊の海の波浪が　内陸部の奥まで押し寄せて来て

ほとんど　埋没しかかっている
今　また　私の腹部で　胎児が動いた
臨月を間近に控えて　生まれることを待ち望みながら
羊水の中で　子宮の壁を蹴ったのであろうか
今こそ　そのような新しい人間の命と共に　魚や猫や鳥達等のあらゆる生物の命を
守り育てる術を見い出していかなければ
私達は　生命の破局へと　生命の終末へと
着実に　一歩一歩　近付いていくことになるだろう
眼前に広がる空にも陸にも海にも
生まれる前に死んでしまった子供達や
生まれても　すぐに死んでしまった子供達の亡霊が
今　まさに　沈んでいこうとする夕陽の残光を浴びながら
「この世に是非生まれて来たかった」とか
「もっと長く生き続けたかった」とか
か細い声で呟きながら　飛び回っているのが見える
私は　自分の子供が無事生まれて来ることと
それらの命が　皆　甦って来ることを願いながら
島の山陰《やまかげ》の向こう　見えなくなってしまった夕陽に向かって

強く強く　熱く熱く　手を合わせる

＊緒方正人著『チッソは私であった』（葦書房）による。

放射性雲《プルーン》の遠い行方

雨が降り始めた
風の音も　強くなって来た
この雨と風とによって
東電福島第一原子力発電所の上空に浮遊している放射性物質は　尚一層
広い範囲に拡散し　地上に舞い降りて
住宅を　道路を　田畑を　森林を　草原を　更に　もっと
汚染することになるであろう
あの日　私は非番で　家にいたのであるが
今まで体験したことのない激しい揺れと共に
部屋にあった食器棚や家具やケース等全てが倒れ

割れた食器や零《こぼ》れた生活用品が　辺《あた》り一面に　散乱し
その過程で　私は慌てて　側にいた幼い子供を抱えて　台所のテーブルの下に隠れたのだが
長く激しく続いた揺動が治まると同時に　私の意識の中に浮上して来たのは
抱きかかえている子供のことでも
少し離れた町の工場にパートで働きに出ている妻のことでもなく
私が普段勤めている原発のことであった
どのような地震が襲おうとも　「安全」だと言われていたが
あまりにも激しい揺れであったために
圧力容器や格納容器等の原子炉本体に影響がなかったにしても
原子炉建屋の内部には
様々な太さのパイプやケーブルが　所狭しと
ジャングルの樹木や蔓のように　群れをなして錯綜しながら走っていて
それらの一箇所でも破損や破断が起これば
重大な事故にも繋がりかねない
そうなれば　私と同じ身分の下請けや孫請けの労務者が
放射線を完全に遮断などしてくれない　「防護服」を身に付けて
危険な作業に従事しなければならなくなるのだ
普段においても　日常的に　原子力発電所においては

放射線が漏れる事故は起こっているのであり
事前にセットしておいた越えてはいけない危険な線量に達すると
「防護服」に付けたアラームメーターの
「ビイーッ」という不気味な重く低い連続音が　建屋内に鳴り響くことになる
今頃は　建屋内の至る所で　その不気味な低く重い連続音が　鳴り響いているのだろうかと
思ったのである

雨音が激しさを増して来た
風力も一層強さを増して来て　窓ガラスを間断なく揺さぶりながら吹き抜けていく
この雨風は　先日の水素爆発で吹き飛ばされた
原子炉建屋の破片の周囲に降り積もった放射能の粉塵を
遠くまで吹き飛ばし押し流し
遥かに離れた　山脈や　河川や　海洋までも
汚染の渦に巻き込んでいくであろう
案の定　地震の翌日の夕方　「赤紙（非常呼集）」に応じて　急いで駆けつけると
私の眼に飛び込んで来たのは　まだ一回目の水素爆発の直後であったのだが
前とは違った見るも無惨な原発の姿であった
地震の揺れによって送電線が倒壊したり損傷したりして

外部からの電力を入手出来なくなってしまった上に
その後の津波によって非常用ディーゼル発電機と関連機器が水没してしまい
万一の場合に用いるとされていた非常用電源も機能しなくなってしまって
原子炉本体や使用済みの核燃料の燃え滓《かす》の棒を一時的に貯蔵しておくプールの冷却システムが
完全に停止《マヒ》してしまった結果
あってはいけない最も恐ろしい事態に突入していたのである
原発の協力企業が集まっている協力企業センターと呼ばれる場所にある
自分の勤めている下請け会社で　素早く着替をして
復旧の中心となっている免震重要棟と呼ばれる施設に向かうと
そこには　眼だけが異様にギラギラした無精髭だらけの作業員が
疲れ果てた様子で　廊下に横になったり　床に座って
眠っていたり　休憩を取ったりして　ぼんやりとしていた
その後　私もそのまま彼等と一緒に
一日二食の乾燥米や缶詰等の味気ない食事を食し
一日一本のミネラルウォーターで水分を供給し
シャワーも風呂もない状態で　雑魚寝のまま着替えもせずに眠り
そして　その合間《あいま》合間に
放射線を完全に防げない防護服と全面マスクを付けて　汗に塗《まみ》れながら

交代で
アラームの鳴る許された放射線量ぎりぎりまで働き続けることになった

雨が上がり　雲の切れ間から光が射し込んで来た
風もいつの間にか止んで　辺り一帯は穏やかな大気に包まれている
でも　雨が上がり風が止んでも
街角や公園には　子供達の元気な歓声や嬌声の響きは響くことなく
ブランコはただ独り揺れているだけであろう
家の軒先やベランダの物干にも
洗濯物は翻ることはないであろう
地震と津波の結果　全電源が喪失し核燃料を冷却出来ない事態に追い詰められ
熱で破壊された燃料から生じた水素ガスや水蒸気で格納容器内の圧力が高まり
原子炉本体の圧力容器が壊れることを避けるために
格納容器の上部にある気体を逃すための弁を開けて
そのためだけに設けてあるかなり高い煙突のような排気筒からベント＝排気を行ったのだが
そのときに　原子炉内にあったかなりの量の放射性物質が原発の上空に排出され
それに続いて　三月十二日一号機　三月十四日三号機　三月十五日四号機と
相次いで　原子炉内で発生し建屋内に漏れ出ていた水素ガスによって爆発を引き起こし

更に大量の放射性物質が原発の上空に拡散し漂うことになってしまい
それらの放射性物質を大量に含んだ放射性雲《プルーン》は　その後
原発の附近を通過した低気圧に伴なう強い風雨によって吹き飛ばされ
隣県の宮城県や栃木県や茨城県や群馬県や
かなり離れた場所にある岩手県や埼玉県や千葉県や東京都を巻き込んで
西日本や沖縄の方まで降り注いで
広い範囲の土壌を　汚染してしまうことになったのだ
それに　地震の直後から
核燃料の熱を冷ます正規の注水ルートが壊れて使えなくなってしまったために
上空や周辺の路上から　闇雲《やみくも》に炉心や使用済みの核燃料の入ったプール目掛けて
注水や放水をすることになって
水浸しになった施設から染み出していた放射性物質に汚染された水は
そのまま　近くの海に流出していたのだが
溜まる一方の汚染水の処理に困った電力会社＝東電は
「低濃度」と称する汚染した大量の水を　海に廃棄することになって
土壌だけではなく海水をも　途方もなく汚染することになったのである
テレビの小さな画面からは　学者や役人や政治家が次々と登場して
「現在検出されているレベルの放射能は　ただちに健康には影響がなく

安全ですから　落ち着いて生活してください」と
「安全だ　安全だ　安全だ」「大丈夫だ　大丈夫だ　大丈夫だ」と
念仏のように　鸚鵡《オウム》のように　唱える声が流れて来たが
警戒避難区域は　３キロから10キロへ　10キロから20キロ圏まで拡大され
20キロから30キロ圏の緊急避難準備区域の人達には　自主避難が呼び掛けられた
それに　放射線被爆許容量が
一般の人で通常の規準の20倍の20ミリシーベルトに
100ミリシーベルトを規準とする原発作業員は2.5倍の250ミリシーベルトに変更されたのだが
それこそ　通常の規準の許容量を守っていたのでは
その場所には住めないや　その場所で取れる食品は食べれないや　その場所の水は飲めないや
ということを現わしているのではないだろうか
外国の政府は80キロ圏内の自国民に対して　避難することを勧告したが
それが正しい選択なのであろう
下請けや孫請けの作業員の間では　地震直後から　もうすでに
原子炉圧力容器の底に燃料ペレットが溶融して溜まるメルトダウンの状態どころか
溶融した核燃料ペレットが圧力容器から外に漏れ出すメルトスルーの段階まで
到達しているといった
真《まこと》しやかな噂が　低い声でひそひそと会話されていたのであった

原発で働き始めた頃は
見えずに匂いも音もせずに放射線を出し続ける原発内＝管理区域での作業に対して
私も　恐怖や不安を抱いていたのだが
今では　アラームメーターがパンクする（鳴る）までは
管理区域内で発生した放射能で汚染された水や防護服の洗濯用水などの液体廃棄物が詰まった
暗く狭いタンクの内部に潜って　液体とヘドロを掻き出す清掃作業や
高線量のエリアにあるクリンナップ室と呼ばれる小部屋で
空気や液体の漏れを防ぐためのゴム製の詰め物をバルブにパッキングしていく作業に対しても
そんなに恐怖や不安を感じずに落ち着いて向き合うことが出来るようになっていたのだが
今回の原発事故に対しては　強い恐怖や不安を感じて　急遽　休みを貰い
自分の家族の住んでいる緊急避難準備区域の外にある川俣町のアパートに帰って
身重の妻と四才の息子を　山形県の寒河江《さがえ》市皿沼にある妻の実家に送って行ったのだ
その足で蜻蛉《とんぼ》返りするように　また再び　壊れて放射線を出し続けている
原発の施設内の作業に戻ったのだが　危険を察知したのだろうか
妻も子供も私が戻る時に　戻らないでと涙を浮かべて縋《すが》ったのであるが
私は一緒に働いていた仲間のことを考え
自分の生まれ成長して来た故郷《ふるさと》を　以前と同じような状態に戻すために
これ以上　満身創痍の原発の被害を拡大してはならないと思って帰って来たのだ

戻って来る時に　自分のことを戦争中の特攻隊の一員のように思ったが
そんなこととは違うだろうと　すぐに打ち消した
でも　私は原発の再開を望んでいるのではない
チェルノブイリ原発の事故後　25年も経ったのに
依然として　その周辺に住んでいた人達は　舞い戻ることが出来ず
被爆による健康障害は世代を跨《また》いで残り続けていると言う
寿命＝半減期を考えることが出来ないほど長い放射能のヨウ素やセシウムやストロンチウムの
死の灰を遠くまで撒き散らし
人が住めないような場所を広範に生み出してしまう原発など
もう　いらないと思うようになったのである
原発がなくなれば　このような片田舎では
なかなか　働く場所を見つけることなど出来ないだろうが
何とか生まれて来る子供を含めて家族四人
力を合わせて生活していけば　生きていくことは出来るであろう
子供や妻や私の未来のためには　命あってこその物種《ものだね》であると思ったのである
そう思う私の傍らで　今も尚　福島第一原発の原子炉は
冷温停止状態＝100度未満の温度の状態に至り着くことなく
人類の手に負えない強い毒性を持つ放射能を放出し続けている

健忘症の反復を越えて

それはそこにあった
確かに　そこにあったのだ
朝まだき薄闇の中を自転車のペダルを踏んで
離れた各戸の家々に新聞を配ってあるくアルバイトの少年の姿が
柔らかな太陽の日射しが斜めから差し込んで来る台所で　夫や子供達のために
まだ眠い眼をこすりながら　朝食を忙しそうに準備する中年に差し掛かった妻の姿が
明るい日射しに包まれた公園の砂場で　優しい母親の眼差しに見守られながら
ひたすら湿った泥に乾いた砂を掛けては硬い泥団子作りに精を出す幼い童女の姿が
薄暗い工場の片隅で　スポットライトに照らされたバイトの先端が削り出す
自動車の部品になるネジの内側を意識を集中して見詰める年老いた職工の姿が

草の生えた用水堀の脇の町道を　ランドセルをかたかたと鳴らしながら　花を摘んだり
バッタやトンボを追い掛けたりして　のんびりと帰宅する小学校の低学年の児童の姿が
木漏日《こもれび》が暗さを増していく樹林の中で　野太い腕に汗を滴らせながら
日が落ちるまで　畑に鋤込む堆肥用の落葉を　一心に掻き集める壮年の農夫の姿が
皓々と明かりの点《と》もったコンビニエンス・ストアーの棚に商品を並べ替えている途中に
レジの前に立とうとしているお客を見掛けて　慌てて駆け付けてレジを打つ若い女店員の姿が
二〇一一年三月十一日に起こった三陸沖を震源とする地震によって
電気を運ぶ鉄塔や受電設備が破壊されて外部電力を失った上に
その後襲った津浪によって
原子炉の敷地や建屋にあった非常用電源や電気設備が一切使えなくなってしまい
冷却手段を失った一号機と二号機と三号機が立て続けに炉心溶融《メルトダウン》を起こして
七十七京《けい》〜三十七京*ベクレルに及ぶ放射能物質が
福島県大熊町にある東京電力福島第一原子力発電所から放出されて
折からの風に乗って
辺り一面の大地や森林や山河や田畑や街区に
放射能に汚染されたチリ＝死の灰が舞い降りて来る時までは

それはそこにあった

確かに　そこにあったのだ
鉄骨だけを残して破壊された残骸を何処までも澄み渡った青空に晒して屹立する
産業奨励館の建物の脇の辺りでバスを降り
特異なT字形の形をしていたために　爆撃の目標地点に選ばれたという相生橋を渡って
緑に包まれた平和公園を横切り　公園の中央の奥にある平和記念資料館の中へと入っていくと
詰められていたものが全てそのまま炭化した弁当箱や
まるでゴムのようにグニャグニャと丸められたような高熱で融けて変形した一升瓶や
焼け焦げた帽子を被り血のシミの付いた学生服とボロボロに破れたゲートルを纏った等身大の人形や
焼け焦げて服の半分近くが引き裂かれるように無くなった和服の生地を作り変えたブラウスや
熱線で鼻緒の部分が焼け焦げ足裏で隠されていた以外の部分が黒く焼け焦げた女物の片方の下駄が
修学旅行で初めて広島の地を訪れた高校生の私の眼の中に
突き刺すように飛び込んで来たのだ
一九四五年八月六日の八時十五分の直前までは
それらを所有し身に纏い使用していた人達は　まだ確かに生きていたのだ
だが　その直後　五百八十メートル程の上空で臨界に達して炸裂した核の火球の発する
激しい熱線や爆風や放射線によって
一瞬の内に　消え失せたか
それとも　それからそんなに時間の掛からない内に

微かな泣き声や呻き声を上げることもなく　そのまま亡くなっていったのだ
重たい気持ちを抱えたまま平和記念資料館を出ると
辺り一面に燦々と降り注ぐ午後の日射しに　直前の重たい気分は少しずつ解放されていったのだが
事前の計画通り　平和公園内にある被爆死した人達の慰霊のために造られた碑巡りを始めると
資料館に展示されていた写真に写っていたような
顔や背中や全身が赤く焼け爛《ただ》れて　男か女か　子供か大人か　分からなくなってしまった肢体や
何等肢体には損傷はないのに　放射線に細胞組織が侵されたためであろうか
目を剝いて死んでいる肢体が
そこここに　ごろごろと転がっているような思いに襲われ　再び　気持ちが重くなり
そして　そのような重い思いは　資料館の展示に記されてあった
当時　この平和公園一帯が広島随一の繁華街で　家々が溢れんばかりに軒を並べていた場所で
あったということを思い出させることに繫がっていった
そう　ここには　中島本町　元柳町　材木町　天神町　という街があり
様々な人々の生活があったのだが
一発の核爆弾の炸裂によって　この地上から　消え失せてしまったのだ

それはそこにあった
確かに　そこにあったのだ

大きな赤いリボンを付けた人形を両膝の上に乗せて優しくブランコを揺らす幼女の公園での日々が
先生の質問に競って手を上げて溌剌とした声で答えようと身構えている子供達の教室での日々が
アイスクリームを舐《な》めながら手を繋いで乗り物に乗る順番を待っている家族の遊園地での日々が
馬に引かせた鋤で掘り起こした土の溝にジャガイモの種芋を植え付けていく夫婦の畑での日々が
朝な夕なに家族が平穏に暮らせることを願い感謝して祈りを捧げる村人の教会での日々が
酒を酌み交わしながら手料理に舌鼓を打つ家々の灯りが点々と瞬く一家団欒の集合住宅での日々が
でも　今では
壊れかけて歪んだブランコの上に埃に塗《まみ》れた何も纏っていない裸の人形がポツンと放置され
提出したノートや授業で使う予定のプリントが所狭しと床一面に散乱し
最早動かなくなってしまった観覧車が風に軋む音を立てながら揺れており
豊かな恵みを与えてくれるはずであった大地の至る所に土が見えない位雑草が生い茂り
尖塔の上の木製の十字架が斜めに折れ曲ったまま修理されることなく立ち続け
灯《あか》りの点もることのなくなった白いコンクリートの建物が　雪曇りの薄闇の中に
墓標のように林立している
一九八六年四月二十六日　午前一時二十三分
旧ソビエト連邦ウクライナ共和国の外れにあったチェリノブイリ原子力発電所の四号炉で
突如　爆発が起きて
原子炉内に閉じ込められてあった様々な百種類にも及ぶ放射性物質が　折からの風に乗って

隣国のベラルーシ（旧白ロシア）共和国やロシア共和国を初めとするヨーロッパの他の国々や
八千キロも離れたアジアの国々や　地球の裏側の国々までも　汚染してしまうことになったのだ
台所で家事をしている妻に代って　一歳になったばかりの子供をあやしながら
居間のテレビを見るともなく見ていた私の眼の中に
そのチェルノブイリの十年後の現状とその被害の状況とを映し出した特集番組の映像が
そのまま飛び込んで来た
「ズボレ」という兵役の制度を利用して動員した六十万人にも及ぶ作業員を要して
炉心溶融《メルトダウン》を起こした原子炉ともども四号炉全体の施設を　その形状から「石棺」と呼ばれる
コンクリートの巨大な箱のような防護壁で覆うことによって
辛うじて　それ以上の放射能の拡散を防ぐことが出来たものの
事故直後に三〇キロ圏内の約十三万五千人もの人達がバスに乗せられ避難＝強制疎開させられた上に
その後もチェルノブイリから三〇〇キロ以上も離れているのに　ひどく汚染された場所が見付かって
更に二十数万人もの人達が強制的に避難＝移住を余儀なくさせられ
それらの土地は今でも　人の住めない程の放射能の値が高いために
戻りたくても戻れない状態が続いていて
人っ子一人いない無人の村や無人の町が草ぼうぼうの大地の間や生い茂った樹林の向こう
何処までも何処までも果てしなく続き
それから映像が　粗末な簡易なベッドに横たわる髪の毛の抜けた幼い少女の姿に　切り替わると

それに重なるように　汚染された空気や水や食べ物に接触したり摂取したり吸引したりしたために
免疫力が大幅に減退して　様々な癌や病気を発症して　死んでいったり　今尚病《やまい》に苦しんでいる
子供や大人の人の数が　多数に上るといった音声が　流れて来た
そして　最後に　立入禁止の村に舞い戻って来て　以前と同じように暮らしている
「サマショール（わがままな住民）」と呼ばれている一人の節くれだった手を持つ皺だらけの老婆が
腰を折って汚染された大地に野菜の種を蒔きながら
「豊かっていうことは　命ある皆《みんな》が気持良く生きられるということなんだよ」と
呟く声が紹介されて　特集番組は終った
その時　何故か　私の脳裏に
高校時代に広島の平和記念資料館で見た弁当箱や瓶や服や下駄等が　甦って来たのだ
それらと共に　今テレビで見た「石棺」や無人の村やベッドに横たわる少女の姿を通して
自分の胸の奥底に　原発と核の持つ恐怖とそれを巡る問題とを
深く深く刻んだはずであったのだが　でも　私は
電力を使用する日常の自分の生活と原発の存在というものを
直接結び付けることが出来ないまま
結果的には　やはり　原発に対して　無為の日々を送ることになってしまったのだ
薄いピンク色した桜の木々のかたまりが　まだ芽吹いていない木々の間に　点々と見える

例年ならば　間もなく　その里山の前方に広がる田圃では
何台ものトラクターが田植えに向けての代掻きのために　動き回ることになるはずなのだ
でも　それは　昨年よりも前のことなのだ
今年もまた　昨年と同じように
桜の木の下に集って　ハラハラと舞い散る桜の花弁《はなびら》を愛《め》でながら
春の到来を祝し　今年の豊作を願って　重箱に詰めた馳走に箸を付けて　酒を酌み交す人達の姿を
何処にも見い出すことが出来ない
それは福島第一原発が事故を起こした昨年の三月十一日の翌日に
国が原発から二〇キロ圏内にある市町村の住民に対して避難指示の命令を下して以来
その圏内にある大熊町や双葉町や浪江町や富岡町等の町内の全域では
あたかも　蒸発してしまったように　人の姿を何処にも見い出すことが出来なくなってしまったのだ
最初に避難した場所も　すぐに移動しなければならなくなって　その後もコロコロと避難先が変り
最終的に落ち着くことになった仮設住宅では
以前ならば　次から次へと色々な農作業に終日追われて
あまり昼間からテレビなどを見ることがなかったのだが
ここで漸《よう》く見つかった仕事が早朝の弁当作りのパートでしかなかったために
仕事が終ると　何もすることのない手持無沙汰に　テレビを見て過ごすことになってしまい
テレビの画面に　故郷《ふるさと》の映像が流れないか期待して

ニュースや特集番組に目を凝らすようになったのだが
そこには　ただ
道路の両側に植えられた桜の並木がいままさに撩乱と咲き誇って　花のトンネルをなしているのに
花見に訪れる人は誰一人いない　シーンと静まり返った静物画のような風景が映し出され　続いて
繁茂していたセイタカアワダチソウが立ち枯れて藪となってしまった畑の側《そば》の農道を
繋がれていた牧舎から逃げ出した何頭もの肉牛が群をなして疾駆する風景が映し出され　続いて
微かに戸の開いた玄関の前の庭先で　食べる物がなくなってしまって息絶えた首輪の付いた猫の傍らで
それを自分の餌にしようと駆け付けた野犬化した犬同士の相争う風景が映し出されるだけで
何処にも人の姿を見掛けることの出来ないゴースト・タウン化した風景が続いているだけだった
帰りたい　帰れない　政府は何もまだ発表しようとしていないが
放射能の値が　極めて高いその場所には　決して帰ることなど出来ないであろう
まだ幼い子供を抱えた自分の身重の娘は　住んでいた場所が
福島第一原発の三〇キロ圏から二倍以上も離れていたにも係わらず　放射線の被害を恐れて
電力会社関係で働いていた夫をこちらに残して
知人も親戚もいないのに　遠い沖縄の地に　子供を連れて避難していってしまった
福島の地で　故郷を追われた人達の数は十六万人に上ると言う
日本の政府は　避難の基準を年間二〇ミリシーベルト以上にしているので
自主的に避難していった妊婦の娘に対しては避難指示対象区域外であったものの

昨年は年間一律四十万円支給されたが　今後の補償はほとんど期待出来ないであろう
フクシマと同じレベル７であったチェルノブイリの避難基準が　年間五ミリシーベルト以上であり
それと共に　年間一ミリシーベルト以上なら「移住の権利」を認めて
その費用や責任は国家が担うというのに　多分　そのような基準にすると
日本の場合には　膨大な費用の負担と補償が必要になってしまうので
被爆限度量を汚染の現実に合わせるように　極端に高めに認定しているのであろう
最初関西の友達を頼りに娘は避難していったのだが　その途中　ガソリン・スタンドに寄ったところ
福島のナンバー・プレートを見た店員に強い口調で直ちにここを立ち退くよう言明されたという
広島の被爆者達が「元気な子供を産めない」「放射線被害は伝染する」といった
傷の瘡蓋《かさぶた》を引き剝がすような冷たい差別に晒されたように　娘や生まれて来る子供達も
これから　そのような差別に晒され続けていくのだろうか
最近　新聞を良く読むようになった私は　その新聞の片隅に
福島の原発の被災者のその後の軌跡の記事を見付ける度ごとに
その人達の境遇や境涯を思い浮べて
彼等の苦しみや悲しみを　そのように　自らのものにするように努めて来た
でも　それは　私が彼等の生活を破壊し
避難民《ディアスポラ》の日々を強いて来た加害者の一人だからだ
「知ること」と「忘れないこと」が　そのような災害を二度と起こさないことに繋がるのだ

今まで過疎や貧困や拡差を利用して
命の豊かさに繋がらない危険な原発の電力を使用し続けて来た私は
その原発が廃止され
再生可能エネルギーの太陽光や風力や地熱や波浪に代わることを願うものの
太陽光パネルを設置する費用を捻出出来ない
僅かな貯金を毎日切り崩して生活している年金生活者のために
原発の被災者に思いを寄せながら　その罪滅ぼしのために　せめて節電に努め
コンセントからプラグを外すことに　今日も終日　奔走している

＊兆の一万倍

カルテ3・家族

痴呆の森から

――to calm the souls of my father and his generation.

徐々に　夜が降りて来た
間もなく　辺《あた》りは闇に包まれるだろう
真っ直な道路の両側に点在する
意味の分からない横文字やカタカナを列ねた
外食産業やサラリーマン金融やコンビニエンス・ストア等の店頭だけが
薄闇の中に昼間のように浮び上がり
その間の道路をヘッド・ランプやテール・ランプを瞬かせながら
ダンプ・カーや大型トラックや乗用車の車列が
唸りをあげて一条の河川のように流れていく
〈私はいま　何処にいるのか〉

私は樹々の叫び声を聞いた
そして　それに続いて鳥や虫達の泣き声を聞いた
暗赤色《あんせきしょく》の不気味な朝焼けの中
家族の寝静まる家を後にして
樹々や鳥や虫達の声を求めて
ここまで　自転車のペダルを漕ぎ続けて来たのだ

鬱蒼と樹々の生い茂っていた
郊外の森は切り刻まれて
空だけがやけに目立つ
偏平な大地に変り果てていた
土壌の舞い上がる地面の片隅には
伐採されたばかりの椎《しい》や櫟《くぬぎ》や楢《なら》や四手《しで》の樹々の死骸が
大量に横たえられていた
だが　記憶を司る脳の「海馬」の神経細胞が脱落しつつある私は
網膜や鼓膜が外界を正しく捕えながらも
〈何故　私がここにいるのか〉　分からない
それでも　傷口から血や涙を流し続ける樹々の樹幹を撫でさすり続けていると

私の鼻腔にこころ安らげる樹々の芳香が広がり
それと同時に　私の残存している「海馬」の奥に
遠い少年時代の記憶が不意に甦って来た
年端のゆかない少年の世界にも
大人と同じような戒律や差別や嫉妬の関係があり
そのような馴れ合いの習俗に耐え得ない私は
いつも仲間達の排除の眼差しに小突かれたり突き飛ばされたりしたのだ
その度ごとに私は　家の裏山の森に入って
落ちていた棒を片手に
対象のない怒りや悲しみを　無数の草や樹々に叩きつけて回ったのだ
だが　傷つけられ薙ぎ倒された草や樹々達は
けっして棘のついた批判や侮蔑や復讐の視線を私に向けることなく
涙や血に塗《まみ》れた傷口から芳香を発し続けて
私の訳の分からない悲しみや怒りを癒し続けてくれたのだ

点々とそそり立つ送電線の向こうに黒い雲が広がり
間もなく雨が降ってくることを知らせる湿った風が吹いて来た
家路を急ごうとペダルを踏みこむ私の聴覚に

またもや樹々の泣き声や鳥や虫達の叫び声が入って来た
顔をもたげて前方を見やると
遠く離れた森の上空に不気味な煙の束がモクモクと広がり
その煙の下辺りから樹々や鳥や虫達の助けを求める声が聞こえてくる
慌《あわ》てて駆け付けてみると
不法投棄された塩化ビニールや廃材やゴム製品等の産業廃棄物の山が
喉を刺すような臭いと真っ黒な煙を激しくあげてごうごうと燃えていた
その回りを激しい警戒音をあげながら
狂ったように小雀《こがら》や懸巣《かけす》や斑鳩《いかる》や頬白《ほおじろ》等の鳥達が飛び回っていた
逃げ惑う鳥達を落ち着かせようと優しい言葉を掛けながら
再び塵芥《ごみ》の山の発する黒煙と真っ赤な焔に眼をやった途端
「過去」と「現在」と「未来」を何等統覚することのできなくなってしまった
私の萎縮しつつある脳の樹状突起に電気信号が流れて
不意に青年時代の兵士の記憶が甦って来た
第二次世界大戦の末期　沖縄の南部は
アメリカ軍の艦砲射撃の砲弾と火焔放射器の炎に曝《さら》されて
燃えるものは森や山の樹々を初めとして一木一草　一切合財灰燼に帰し
降りしきる炎火の中　身を隠す場所を求めてひたすら這い蹲《つくば》って生きて来たのだ

そのような私も　沖縄に移送される前の
「満洲国」と称した中国東北部にある幾つもの寒村で
八路軍《ゲリラ》の掃蕩ということを口実に　住居やその周囲の山林に火を付けて回ったのだ
ある時など　食糧等の収奪を目的に押し入った家屋に
逃げることのできない出産直後の母親とその子供が
粗末なベッドに横になっていたのだが
顔を見られたことの口封じのためか
子供を作る生活を送ることのできる農民への憎悪と嫉妬のためか
そのまま　家屋の藁屋根に火を付けて家を後にしたのだ
その後　無事帰還した戦後の日常の中で
モクモクと湧き起こる黒煙や熱いよく爆《は》ぜる赤い炎を見る度ごとに
私の耳の奥では　母親の叫び声と子供の泣き声が激しく響き渡ることになったのだ

大粒の雨が叩き付けるように降って来た
排気ガスの汚れを洗い流すように
アスファルトの道路や街路樹や建物に当たって跳ね返って来る雨音は
鳥や虫達が群れ集って楽しい交歓の会話を交わしている声のように聞こえる
だが　私はただ一人　見知らぬ風景の中を　雨に打たれながら

必死にペダルを漕ぎ続けているのだ
朝　家を出る時まで見ていたテレビに
イラク戦争でアメリカ軍に誤爆されて死傷者を出した家族の泣き叫ぶ映像が流れ
それに続いて　フィリピンのミンダナオ島で
日本の商社が山々の樹々を残らず伐採してしまったために
大雨で河川が氾濫して多数の死傷者が出たという映像が流れたが
私の壊死《えし》し続ける「海馬」は　それらのことを何一つ覚えていないように
ここまでどのような道を辿って来たのかということを思い出すことができないのだ
それでも　降り注ぐ雨の中を必死にペダルを漕いでいくと
戦火に追われた難民の群か　洪水に被災した避難民の群か
向こうから　汚れたボロボロの衣服を纏《まと》い急ぎ足で歩いて来る集団に出会った
そのなかに　孫娘の姿を見たような気がしたのだ
普段　長く一緒に住んでいる妻の顔も娘の顔も識別できなくなってしまったのに
何故か私は　孫娘の顔は識別できたのだ
そのため　前方に孫娘の姿を目撃した途端　慌てて自転車から飛び降り
孫娘ともども　そこにいた多くの人達に
励ましと慰めの言葉を掛け始めていた
だが　土砂降りの雨のために渋滞の始まった車の中で

カーラジオから流れて来るニュースや音楽を聞きながら
雨滴が滝のように流れる車の窓を通して
外を眺めるとはなしに眺めている人達にとっては
道路の片側の樹木がたくさん植わった畑の中で
何やらしている老人の様子は
商売用の苗木が強い風雨のために傷付くことを恐れて
見回りに駆け付けて来た　その畑の所有者の姿のようにしか見えないだろう

渋滞のためにイライラしながら
温かい食事と心地好いねぐらを求めて先を急ぐ車列の横で
雨にずぶ濡れになりながら
一本の苗木をさすりながら孫娘だと思って声を掛けている私は
自分の意識が少しずつ遠のいていくのを感じていた
遠のいていく意識の底で
多分　このままここで死んでしまい
その死体が間もなく誰かに発見されることになるだろうが
私の死体を前にして家族だけは
痴呆のために道に迷い

そのままここまで来て倒れて死んでしまったのだと思うのではなく
過去の記憶に執着したが故に
ここで死んでしまったのだと思って欲しいと願い続けていた
過去の記憶を忘却する時に
必ず人は戦火や自然破壊の無数の災厄を招来することになる
昨日　家に近いドブ川のほとりを
孫娘と手を繋《つな》いで昔覚えた唱歌を唱和しながら歩いていた時にも
花のように微笑む孫娘の未来が
戦火や自然破壊の災厄に覆われることがないことを
ひたすら願い続けていたのだ
吹き募る風雨の中　意識が更に薄れて来た
更に薄れていく意識の中で私は
私の肉体を抜け出した魂が
そこの頂上辺《あた》りに生えている高木《こうぼく》の根元から
高木を伝って反時計回りにグルグルと回りながら上昇して
その先端から再生のために魂が「あの世」に向かって旅立っていくという
郷里にある「葉山」という山に向かって
飛び出していくのを感じていた

だが　私の願いに反して
雨は更に雨脚を強めて雷や雹《ひょう》をも交えて降り続け
それに煽り立てられるように
樹々や鳥や虫達のあげる泣き声や叫び声が
止むことなく
あたり一面に木霊《こだま》し合っていた

不整脈の日々の中で

車の流れが滞り始めた
のろのろと動いては断続的に停止を繰り返していた車列も
いつの間にか詰まったパイプのように全く動かなくなってしまった
大きく彎曲したバイパスの向こう
ブレーキ・ランプの赤い点々が陸続と繋がり眼路《めじ》の届く限り
一条の線となって果てしなく続いている
〈事故でも起こったのだろうか〉
〈このままの状態が続けば
　着かなければならない時間に間に合わなくなってしまうから
バイパスから別な道に移った方がいいのだろうか〉

〈でも　別な道に出たところで　いつもそうなのだが
多分　そこも　同じように先を急ごうとして迂回して来た車で一杯で
渋滞になってしまっているはずだから
やはり「急がば回れ」で
このまま渋滞が解消するのを待った方がいいのだろうか〉
車が流れないことに苛々《いらいら》しながら
止めどない錯綜した堂々巡りの思いに耽っていると
何故か唐突に　先日　テレビで見た地震の惨状が
フロント・ガラス越しに浮かんで来た
ガスや水道や電気等のライフ・ラインが寸断されたのと同じように
道路が陥没したり崩落した土石で埋まったり
途中の橋梁が崩壊したりして
交通網が寸断されて　生活物質の供給がたった何日か滞ることになるならば
スーパーや商店の棚を収蔵庫にしている私達の生活は
たちまちパニック状態を呈することになるだろう
そして　そのような地震の惨状の光景に続いて
何故か　病院のベッドで横になっている母の姿が浮かんで来た
今　私はその母の元へと急いでいるのだ

母の心臓のポンプのメカニズムが支障をきたして
全身に血流が届かなくなってしまった結果
身体的な動きが不自由になってしまったのだ

弟の電話で母が入院したことを知った私は
仕事を途中で切り上げて　車を飛ばして駆け付けたのだ
いつもと違って母は　口を大きく開けて
窪んだ眼窩ばかりが目立つ生気のない顔付きで
昏々と深い眠りを眠り続けていた
時々急激な変調を示す錐《きり》状の波線が現れるものの
ベッドの傍らに備え付けられた小型のモニター・テレビの画面には
まだ確かに母の心臓が生の鼓動を刻んでいることを示す
波状の線が振幅を繰り返しながら流れていて
それを目撃した私は　ひとまず安堵の胸を撫で下ろしたのだ
だが　その後　目覚めた母が食事を取る段になって　驚いたことに
自分の手に持った箸と口の位置とを
相対的に把握できないためにか
口に食物を運ぶことができないまま

箸が中空を彷徨《さまよ》うという結果になって
食事を一人で取ることができないということが判明したのだ
心臓のポンプが故障したために　脳や手の末端までに血流が到達せずに
命令伝達機能が作用しなくなってしまったのだろうか
辺《あた》りを見回すと　完全看護を謳っている病院なのに
看護士や介護士の姿など何処にも見あたらず
死んだように眠り続ける一つ隣の病人の備え付けの簡易なテーブルの上には
今夜の夕食が配膳されたままの状態で置かれていたが
もう一人の　食事が進まないと言って　ほとんど手を付けなかったお盆と一緒に
その眠り続けていた人の分のお盆まで　時間が来たためだろうか
さっさと片付けられてしまったのである
栄養を取らなければ病気は決して回復しないだろうに
病院側の人達は一体何を考えているのだろうか
私は慌てて弟に連絡を取り　明日からの昼食の食事の世話を弟夫婦に頼んで
夕食の食事は私が介助することに決めて　病院を後にしたのだった

水田の青々とした稲の波の上に浮かんでいるかのように見える
夜の間接照明に照らし出された病院の森閑とした外貌は

未来の見えない永い彷徨の航海を余儀なくされる
ノアの方舟《はこぶね》のようにも見えるし
拘禁された状態のまま死と隣り合った冷たい生活を余儀なくされる
強制収容所の建物のようにも見える
病院は生の箱なのだろうか　それとも死の箱なのだろうか
高齢者ばかりの病室の母を含んだ六名の人達の姿を見ていると
まるで　そこは社会の一つの縮図のように見える
点滴だけを栄養に昏々と眠り続ける老婆と
いつも食が進まずに決まって食事を残し続ける老婆には
家族や親族が一度たりとも見舞いや介護に訪れて側《そば》にいたことを目撃したことがない
一人は自覚もなしに一人は自覚しながら
姨捨て山に捨てられた老婆のように
ひたすら死を待っているのだろうか
それに対して　たった一人のリューマチに悩む
足腰の立たなくなってしまった病人だけが
毎日何人も交代で訪れる家族から甲斐甲斐しく懇切丁寧な介護を施されて
そこだけがいつも　大切に扱われている幸福なオーラに包まれているように見える
口だけ達者な残りの二人の病人のところには

少し年若い息子の嫁や　息子だと思われる私と同じ位の年齢の人が
それぞれ　訪れて来ては食事の介助や話し相手にはなっているが
その対応の所作を見ていると　何処か義務的な感じを受けてしまうのだ
そういう私もまた　障害者の妻を抱えて二人の子供の面倒も見なければならず
職場から一時間近く離れた病院に慌てて駆け付けては
たった一時間位の食事の介助と話し相手になるだけで
そのまま　あたふたと帰って行かなければならないのだ

入院してから一月以上の月日が経過したのに
母のベッドの傍らには依然としてモニター・テレビが設置されたままで
休みなく収縮を繰り返す母の心臓の何処かに
異常があることを示す不定期な電気信号を　歪んだ波形として映し出している
母の心臓が不整な脈搏を打つようになったのは
そのような不整な脈動が　臓器のメカニズムの不調からだけではなく
今迄体験したことがなかった出来事に
遭遇したり直面したりした時に　起こるように
若い時から繰り返して来た
耐え難い心労が重なった結果であるだろう

母の心労の一端は　私を含めたその息子や娘達の様々な拗《ねじ》くれた行状の軌跡が
それなりに影響を与えているのだろうが
最も大きな影響を与えたものは　すでに死んでしまったその夫の行状であるはずだ
アジアの被圧迫民族を解放するという「八紘一宇」の思想を信じて
「大君の辺《へ》にこそ死なめ」と
教え子達を大量に戦場に送り込んで殺してしまったことを反省して
戦後　私の父親は
「再び戦場に子供達を送るな」と
教員の組合運動に奔走するようになるのだが
朝鮮戦争が起こった年のレッド＝パージで職を解雇され
その後数年経って　教員の組合の事務局の一員として採用されたのだが
事務の女性と懇《ねんご》ろになって　その女性との交際に必要なためなのか
組合の金に手を付けて警察に逮捕され
臭い飯を食う羽目に陥ったのだ
父が刑務所から戻って来る迄の三年半もの間
失業対策事業《ニコヨン》に出たり行商をしたり　隣の町の肉屋で働いたりして
母はその細腕で必死に　乳呑子を含めた五人の子供を育てたのだ
だが　出所後も父の「女好き」は変わらずに

ほとんど生活費を家に入れない父に代わって　来る日も来る日も　朝から晩まで
子供の面倒を見ながら　働き詰めに働き続けて来たのだ

前の車輛が少しずつ動き始めた
このままの調子で車輛が流れて渋滞が解消すれば
約束した時間に間に合うかもしれない
今日は　母の主治医に面会して母の病状の経過についての説明を受ける日なのだ
バイパスの回りに広がる田園地帯も青色から黄金色《こがね》に変わったのに
まだ　母の不整脈は　以前のような正常な状態に戻らない
ただ　一昨日の夕方　訪れた時に
今朝から自力で食事ができるようになったと喜んでいた
後は　不整脈が元の状態に戻り　弱ってしまった足腰のリハビリを受けて
自力でトイレに行けるようになれば
退院できるのだと言いながら顔を曇らせたので　その理由を問うと
同じ病室のいつも昏々と眠り続けていた病人が
今日の未明に急に病状が悪化して身罷《みまか》ってしまったので
自力で食事ができるようになったのは嬉しかったのだが
今日一日　悲しい気持に包まれていたのだと言う

生も死も　かつては家庭や近隣に日常的にあったのに
今では病院の中でしか体験できなくなってしまった
大人も子供も　生や死に直接触れることができなくなってしまって
命の意味が　どういうものであるのか　分からなくなってしまった
そして　病人が病院の中でエゴイズムを剝き出しにして生きているように
大人も子供も社会の中で他者への関心をなくして
自分の我が儘を主張し合って生きている
家族や自分が健康なうちは　他者の存在や助けは必要ではないが
一旦　重い病気に罹ってみたり　事故に出会ってみれば
人は一人では生きられないことを悟るだろう
今は世界中が不整脈で溢れている
かつて　母の祖母が死んだ時に　悲嘆に昏《く》れている幼児の私に　母は
死んだ人は　一度はあの世に帰るものの　風のような存在と化して
また再び　この世に生まれ出てくるのだと説明してくれたが
孫娘や孫の嫁の子宮に身籠もられて
人工受精やクローンが持て囃される時代に
母は依然として　そのような説話を信じているのだろうか
漸く普段のスピードで流れ出した車のハンドルを握りながら

一日も早く母の心臓が回復して　新鮮な血流が体の隅々まで流れていくことを祈って
更にアクセルを踏み込もうとするのだが
増殖を続ける不整脈だらけの市街のただ中で
また再び前方の車のブレーキ・ランプが点滅を始め　立ち往生を余儀なくされる
この渋滞から逃れる術《すべ》を考えるが
やはり「急がば回れ」などないのだと観念して
不整脈を打ち始めた私の心臓を宥《なだ》めるために
愛も自由も見い出せない
不整脈だらけの世界を打っ《ぶ》飛ばすことを歌い続けた
私の好きなローリング・ストーンズの曲のカセットのスイッチを押す

塀の中への依存

大食堂で食事を摂り終えた様々な年齢層の成人の女性達が
隊伍を組むかのように整然と並んで
それぞれ決まっている持ち場の「作業」や「訓練」や「指導」が行われる
施設や場所へと向かっていく
その最後列の方を　私を含めた白髪が目立ち始めた老婦達が
足を引き摺ったり　杖を突いたり　シルバーカーを押したりしながら　付いていく
私にとっては　先程の昼食が　大食堂で摂る食事としては最後で
今日の夕食と　明日の朝食を　自分達の決まった居室で摂った後は
もう　ここで摂る食事は　最後になってしまう
その後は　私は刑期が満了になるので　この住み慣れた刑務所を　後にしなければならない

先程の昼食は　鶏肉と卵の親子煮と　若布《わかめ》の酢味噌合えと　デザートは林檎で
大食堂の前の通路沿いの掲示板に掲げられた今週一週間の献立表によれば
今日の夕食は　鰆《さわら》の漬け焼きと　肉ジャガの煮物と　大根の味噌汁で
明日の朝食は　生卵と味付け海苔と　若布の味噌汁だそうだ
やはり　ここでの一番の楽しみは　三度三度の食事であった
明日　刑務所の門を出た後は
ここで二年四カ月に渡る　朝昼晩ときちんと決まった形の時間で摂った
栄養豊かで何品も揃った美味《おい》しい食事は　ここに再び戻って来る以外には
もう二度と摂ることは出来ないだろう
ここを出ると　長い間　家を留守にしていて人気《ひとけ》がなかったために
何処かにガタが来ていて　少し手入れをしなければ　住むのには不十分かもしれないが
夫の残していってくれた家があり　住む場所には困らないだろうが
たった一人で摂る味気ない食事のために　三度に渡って　決まった時間ごとに
きちんきちんと調理して　食べるような気持には　決してならないであろう
大食堂での昼食は無言で黙々と摂らなければならないが
雑居房の居室での朝食や夕食は　決められた時間内に食事を終えなければならないために
会話は少ないが　それなりに認められているために
決まりでは六人だが　受刑者が増加の一途《いっと》を辿っているために　八人が詰め込まれた

普段の雑居房では　朝から晩まで　それぞれが異年齢の人達でありながら
うるさいぐらいにおしゃべりが尽きないように
楽しい会話の時間が流れることになる
そのことを思うと　やはり　出所後の一人暮らしの生活に対して
漠然と不満と不安が湧いて来てしまう

スーパーの出口を出て　何気なく買い物袋の中を覗いてみると
購入した食品や家庭用品以外の品物が
何故か　袋の下の方に　入っていた
私は盗もうと意識して　そうしたつもりはなかったが
それが　私が初めて万引きというものに成功した体験であった
その後　そのことに味を占めた私は　スーパー以外にもコンビニや衣料品店等で
下着やライターや食料品等の物品を盗むことを繰り返すようになっていった
初めの内は　心臓がバクバクするような不安や恐怖を感じたが
次第に何も感じないようになり
でも　それらを買物袋に入れて店をそのまま出る時には
ワクワクするようなスリルを感じて　一瞬かもしれなかったが
一人暮らしの寂しさを忘れられるような快感を味わうことが出来た

僅か六十四歳で脳梗塞で亡くなった夫の残した遺族年金と僅かな自分の年金とを合わせれば
自分一人の生活を賄うだけの金額としては足らない訳ではなかったが
高血圧や慢性の腎臓病を患っている不安から
将来の生活のことが心配になって　少しでもお金を残そうと思っていたのかもしれない
子供は男の子二人いるが　それぞれ家庭を持っていて　やはり生活が苦しいのか
私に無心をする位なのだから　当てにならない
それも　私が二度目の刑務所に収監されて以降
私から手紙を出しても　面会に来ないどころか
それは当然　私にも責任はあるのだが　音信不通の状態になってしまった
最初に逮捕されたのは　六年と三カ月程前のことであった
それまでも　同じスーパーやコンビニで万引きを繰り返しては発見され
その度ごとに　同じ店主に泣いて頭を下げては許されていたのだが
仏の顔も三度までという諺があるように　十度目位に警察に突き出され
最初の判決は執行猶予がついて刑務所に入れられずに釈放されたのに
その執行猶予の期間中に　またも万引きを繰り返すようになって逮捕され
その最初の執行猶予の付いた判決の実刑分を加算されて
三年近くも刑務所にはいっていることになってしまったのだ
だが　それに懲りることなく

出所後　またもや万引きを繰り返すようになってしまい
一年もしない内に　再々逮捕されることになって
再度の刑務所暮らしを送ることになってしまったのだ

今日のこれからの私の日程は　決められた休息を取った後
十二時四十分から十六時三十分まで　十五分の休憩を挟んで
「第八工場」での午後の刑務作業に就かなければならない
私のしている刑務作業は「刺し子」で　巾着やバック等の小物を制作する仕事である
一針一針布に針を刺して模様を浮かび上がらせるこの仕事をしていると
何もかも忘れて無心に没頭出来るので　気に入っている仕事である
同じ居室で暮らしている覚醒剤取締法違反で懲役二年の刑を受けた若いEさんも
同じ持ち場で働いていて　まだ入所したばかりなので
自分の仕事をしながら私は　その覚束ない手元が心配で　その方に眼を遣ったりしている
その後　それぞれの寮にある自分達の居室に戻って
朝と同じように刑務官による点呼と点検を受ければ
二十一時の就寝の時間になるまでの間
テレビを見たり　本を読んだり　手紙を書いたりといった　自分がしたいことが出来る
それなりの自由が認められた余暇の時間が訪れることになる

今日は　その時間が訪れたら　同じ居室の七人に対して　明日退所になることを話して
今迄色々とお世話になったお礼と別れの言葉を話さなければならないだろう
特に　自分の二歳の男の子を育児ノイローゼの果てに　躾の積りで殴ったり蹴ったりして
殺してしまい　傷害致死罪で刑期四年半の罪に服しているＩさんは
私を母親のように慕ってくれ　何かと世話を焼いてくれた　そのお礼と
Ｉさんが実母の元に残して来た四歳と六歳になる二人の子供と一緒に　一日も早く
暮らせるようになる日が訪れることを願う言葉も掛けて　去っていくつもりだ
同じ居室で暮らした　私よりもかなり高齢な二人の老婆にも
いつまでもお元気でと丁重な挨拶をしていくつもりだ
でも　足腰が大分弱くなっている上にそれぞれ白内障や糖尿病を患っているので
行く末が心配だが　ここには医務課棟というものがあって
そこには診療室・処置室・手術室・薬局があって　常勤の医師だけではなく非常勤の医師もいて
何時《いつ》でも　無料で診察して無料で薬も出してくれる
いざとなったら刑務官が付き添って　外部の専門病院にも行ってくれる
ここにいる限りは　絶対大丈夫であろう
それより心配なのは　刑期が満了になって　ここから外へ出て行くことだ
でも　二人の老婆が　余暇の時間に時々話していたように
いざとなったらまた累犯（万引き）を犯して　ここに舞い戻ってくればいいだけの話だ

それにしても　ここでの花見や盆踊り等の四季の行事や
運動会やバレーボール大会等の体育の行事や　文化祭や喉《のど》自慢大会や慰問演芸会や映画鑑賞会等
腹を抱えて笑い合った楽しかった日々の時間が　次々と思い浮んで来る
この塀の中において　三度の食事や衣服や居室といった衣食住に関しては　何の心配もなく
医療や福祉や娯楽も本当に充実していて　それよりも何よりも　人と人との関係において
外の世界では　近隣の人達との間に何の会話もなく
冷たい疎遠な関係や排除の眼差しに貫かれているのに対して
ここでは　温かい視線や配慮に包まれていて　申し分のない場所である
私は　すでに決意しているが　明日　この刑務所を出たならば
すぐに　かつて犯したと同じ累犯（万引き）を重ねて　ここに必ず戻って来るつもりだ
そのような思いを抱いて　今日は　就寝の時間が来たら　布団の中に潜り込み
舞い戻ってきた私が　顔見知り人達と笑い合いながら懐かしい会話に耽る
〈夢〉を見ることを期待しつつ
明日の朝の釈放の時間に向っての　長く短い時間を潰すことにしよう

癌の都より

まだ　朝の時間帯であるのに
もう　すでに　じりじりと照り付ける夏の太陽に焼かれた
渇いた熱い大気が吹き溜《だ》まる
広々としたスクランブル交差点を
ただ　ひたすら　信号が赤から青へと変わることを待ち望んでいる人達は
信号が青に変わる度《たび》ごとに　脇目も振らずに
縦に　横に　向こう側からこちら側へ　こちら側から向こう側へと
一散に渡って行く
そして　渡り終えると　そこから四方八方へと
川の流れのように続々と流れて行くのだ

何処に流れ着こうとしているのだろうか　職場だろうか　学校だろうか
何処でも流れ着く場所がある人達は幸福《しあわせ》だ
何処にも行く当てのない私は　信号が変わっても
早いスピードで泳ぐように渡って行く無数の人達を横目に
ただ　茫然と眺めているだけで
信号機から少し離れた場所に　為す術《すべ》もなく　佇《たたず》み続けている
馘首《リストラ》に遭うまでは　同じ事を繰り返す会社など
いつでも罷《や》めても良《い》いと　思っていたのに
一旦　そのような境遇に陥ると　行く場所のない私は
家族にも馘首《リストラ》に遭ったことを告げることができないまま
以前と同じように　朝早く定時に家を出て
一時間以上もぎゅうぎゅう詰めの電車に揺られて
当てのないまま何処かの駅で下車し
見知らぬ東京の街中《まちなか》を流離《さすら》うという日常を
もう二十日《はつか》余りも繰り返してきたのだ
でも　今日は　久し振りに
かつての同僚に逢うことを恐れて来ることを拒んでいた
かつての会社のある渋谷の街《まち》に　何故か足が向いて

電車を下りることになったのだ

そのまま　そこで
信号が変わる度ごとに　交互に流れて行く車と人の流れを
長い時間　眺めるともなく眺めていたのだが
更に高度を増して照り付ける太陽のじりじりとした日射しに耐えかねて
冷房が効《き》いたデパートにでも逃げ込んで　火照って来た体を涼ませようと
汗に濡れ始めた背広を脱ぎ　それを片手に持って私は
人と車の波に埋まった文化村通りを東急百貨店の方へと向かって歩き出した
歩いて行く私の眼前を止めどなく流れて行く人と車の流れは
何故か　私には
かつて　テレビで見た
無秩序に増殖し転移し続ける癌の上皮細胞のように見える
解雇を言い渡された会社に勤めていた間は
会社のある方角とは正反対のこの辺りには
あまり足を運んだことがなかったのだが
以前来た時とは違って　少しの間に　スクラップ・アンド・ビルドが進行して
新しいビルが出現したり　店の様子が丸っきり変わり扱う商品も違っていた

そのような建物や商店は　また　街《まち》全体の流れから見るならば
制御された血球のようなものなのか　それとも
制御が利《き》かず無秩序に増殖し転移を続ける癌の上皮細胞のようなものなのだろうか
そのような建物や商店の間を
意志的に流れて行く人々の波浪は
縦にも横にも　右にも左にも　上にも下にも　押し流され　吸い寄せられ
様々な感情を携えて漂い続けて行く
いつの間にか　百貨店《デパート》の前に来ていたので　そのまま入っていくと
一気に冷気に襲われて　悪感の走った体が身動きできなくなってしまった
いや　体が硬直したのは冷気ばかりではない
目の前に広がるフロアの光景が　自分にとっては場違いの光景に思えたからだ
ゆったりした通路の両脇には
クリスチャン・ディオールやルイ・ヴィトンやエルメスやグッチ等々の
外国の有名なブランドのバッグや靴や化粧品等を並べた展示ケースが
何処までも陸続と続いている
一体　誰が　こんな高価な商品を身に付けて生活しているのだろうか
馘首《リストラ》されたものの　まだ次の仕事が見つからない私は
住宅ローンの返済が半分近くも残っている上に

大学二年と高校二年の娘と息子の教育費も支払い続けなければならないのだ
そんな私にとって
陳列棚に並べられた高級ブランドの商品は　無縁な世界なのであり
居心地の悪い場所から　逸早《いち》く逃れようとして
上の階に繋がるエスカレーターの方に歩き始める私の背中に
刺すような視線が突き刺さって来た
振り返ると　制服を纏《まと》ったガードマンの視線と目が合って
その尖《とが》った疑いの眼《まなざし》に追われるように　そのまま
その百貨店《デパート》を後にしたのだ

渋谷の西口周辺には　道路沿いに街路樹が点々と植えられているだけで
緑の木陰など　何処にも　見付けることなど出来ない
鬱蒼と生い茂った樹木の木陰を求めて　汗の吹き出す四肢を持て余しながら
井ノ頭通りと公園通りを横切るフィンガーアベニューという通りを歩いていると
不意に　この通りを下って線路の向こう側に出れば
沢山の樹々に包まれた公園があることに気が付いた
線路を潜《くぐ》って　公園の階段を上ると　眼の中に
幾つもの青いビニール・シートに覆われた小屋のような建物が飛び込んで来た

その前の辺りで　意外と小綺麗な身形《みなり》をした数名の男女が
テーブルの上に載った惣菜を囲んで　宴会のようなものを開いて談笑し合っている
ノルマの達成のために会社の机にしがみついて汲々としていた頃は
そのような姿を目撃する度ごとに
何か「自由」を体現しているような姿に見えたのだが
失職してしまっている今の私にとっては
果てしない海原を漂流する難波船に乗り合わせた人達のようにしか思えない
その時　テレビの人気番組『プロジェクトX』の主題歌である
『地上の星』という歌の中に出て来る「皆《みんな》　何処に行った」というフレーズが
私の耳の中に　突然　浮かび上がって来たのだ
本当に　皆《みんな》は何処に行ってしまったのだろうか
七〇年代初頭　この宮下公園には
頭にヘルメットを付けて手には角材を持った学生や労働者の年若い無数の人達が
芋を洗うように溢れ返っていた
その中の一員であった私は
リーダー達の訴えるアジテーションの中に込められていた
「自由で平等な世界」が訪れて来るということを　心から信じていたのだ
だが　どうして　こんな社会を私達は造り出して来てしまったのだろうか

アメリカのローカリズムでしかないグローバリズムの「力の論理」が支配する
殺伐たる時代の中で　各人がそれぞれ不安を抱えながら顔を失い
肥大化する格差に追われて　ばらばらになって棲息している
いや　そういう私もまた　マイ・ホームを守る一人の働き蜂となって
身も心も会社に捧げて
何等実体のないバブルの時代を支え
自分の手足を食《は》み合うリストラの時代さえも支えて　ここまで生きて来たのだ
身過ぎ世過ぎのためとはいえ　大学卒業後　小さな建築会社に潜り込んで
働き始めた私は　手抜き工事の片棒を担いだ挙句に
未来の見えない酷暑のただ中に放り出されることになったのだ
小さな家族さえも支え切れなくなった私は　炎熱の風に吹かれながら
公園のベンチに長い時間掛けたまま　未来に対する不安を一層募らせている
そのような私の苛立つ心を　更に搔き立てるように
眼前の今まで仲良く会話していたホームレスの人達が
互いに罵倒し合い　殴り合いの喧嘩を始めることになってしまって
その場にいることにいたたまれなくなった私は　追われるように公園を後にして
人と車の群れ集う通りの方へと　また歩き出したのであった

吹き出す汗を拭いながら　それから
どれだけ渋谷の炎熱の街路を歩き回り続けたのであろうか
太陽は高度を落として　ビルの谷間に隠れようとしているのに
日が傾くに従って　逆に尚一層増して来た人と車の波浪の発する熱気で
周りの温度は一向に下がらない
途切れることなく流れ続ける人と車の波は　何処に向かおうとしているのだろうか
その人の波の中には　夕暮れが近付くに従って
異様な格好をした若者の姿が増えて来た
茶色や白色や金色に髪を染めた挙句に
人工的に黒く焼いた顔の目の回りだけを白く隈取りをしたり
露出した手足に様々な入れ墨を入れたり
耳や鼻や唇や舌にさえもピアスを嵌めたりした若い男女が
街角に佇んだり　歩道を歩いたりしながら
群れ集って談笑し　傍若無人に奇声を発し合っている
そのような若者達の異様な姿に目を奪われている私の脳裏に
今朝　電車の中で読んでいた週刊誌の記事のことが浮かび上がって来た
それに載っていた『アースダイバー』*という記事によれば
地球温暖化が進行した縄文海進の時代には

海の水位がそれ以前の永河期に比べて　百メートル以上も高くなったために
東京湾は今よりずっと内陸にまで達していて
今の都心部の広い範囲に渡って　見事なリアス式地形が広がっていたという
そして　今　眼前にしている　この文化村通りと井ノ頭通りを挟んだ地域の一帯も
その入江にあったという
その当時　その入江の両脇には
鬱蒼とした樹木の生い茂る森が　何処までも広がっていて
そこで　人々は漁撈や狩猟や採集をして　日々の生活を送り続けていたのだろう
そのような自然の霊力を自らのものとして信じていた人々は
自然の禍々《まがまが》しい怪力から自分の身や心を守るために
自分の身体《からだ》に無数の首輪や腕輪や耳輪をしたり　文身《いれずみ》を入れたりしたのだろうが
現在の異様な格好をした若者達は
緑や土といった自然がほとんど見えなくなってしまった
人工的なものばかりに埋まった街の中で
自分の肉体を傷つけることによって
自己を突出させようとしているように見える
週刊誌の記事に添付された現在の渋谷に　縄文海進の渋谷の状態を重ねた地図には
深く内陸部にまで入り込んだリアス式地形の入り江の様子が

はっきりと描かれていた
その地図に描かれたリアス式地形の入り江の姿は　私には
体の各組織との間に物質代謝を行う
無数の動脈や静脈やそこからパイプのように延びた網状の毛細血管のように見えた
だが　眼前の森や土や鳥や虫達を何処にも見い出すことのできない
車道や歩道やその回りの姿は
肉体を構成している細胞自体が　その制御から離れて
無秩序に増殖し膨脹し　遠隔な末端にまで転移を繰り返していく
悪性腫瘍の癌腫や肉腫のように見える
自己の肉体を自虐的に傷つける若者達の姿は　やはり　私には
森や土や鳥や虫達に繫がる世界を生み出していこうとする行為よりも
そのような世界の生命までも奪うまでに増殖し膨脹し転移を繰り返していく
病態としての癌腫や肉腫の萌芽のように見える
そして　また　失職したことを家族に隠して東京の街中《まちなか》を流離《さすら》い続けている私も
そのような見えない癌腫や肉腫を病む一人なのであろう
縄文海進の遥か以前の時代から　人々は幾度も癌腫や肉腫を病みながら
命を増殖し膨脹させ続けることによって　ここまで生き延びて来たのだ
まずは　私にとって　失職したことを家族に告げなければ

自己の癌部を切開して　新しい血流を甦《よみがえ》らせていく道へと
踏み出していくことなどできないのだ
まだ　時間はいつもの帰宅する時間ではないが　人の波を掻き分けて
駅の方へと急ごうとする私を阻止するかのように
異様な格好をした若者の集団は前方に立ち塞がって動かない
私は遠い時代のデモの姿勢を取って　立ち塞がっている若者の集団に
思いきり体をぶつけて突破しようと　前屈みに進んでいく

＊中沢新一著『アースダイバー』、『週刊現代』に連載、その後講談社から刊行。

あとがき

　かつて、言葉は呪言の意味を持っていた。雨が降り過ぎても降らな過ぎても、太陽が照り過ぎても照らな過ぎても、人間の生活や暮しに大きな打撃や影響を与えることになる。そのような天候を初めとする天変地異や、人々の関係や生活に大きな打撃や影響を与える出来事や事象に対して、人々は、こうあって欲しいことや、こうあって欲しくないことを彌増したり鎮めたりする思いを込めて、言葉を発して来た。

　また、様々な障害や困難というものを克服して歩んで来た血族の系譜や共同体の来歴や、その共同体社会に大きな打撃や影響を与えることになった事件や事故を、人々は体験として忘れずに引き継いでいくために、呪謡＝叙事という形で、描き謡《うた》い続けて来た。

　本来、詩というものは、そのように鎮まらないものを鎮めたり、鎮められたものを鎮まらないものに改変したりすることを目的に、生み出されて来たはずである。私が、この詩集で目指したものは、そのような言葉における呪言や呪謡というものを復権していきたいという試みであった。そして、そのような呪言や呪謡という手法を元にして、詩としての現代病草子というものを描き出していきたいと思ったのである。

自己の周囲や周辺を見渡すと、様々な病の姿が見える。それと同様な社会や世界の現実を生きてある私にとっても、そのような病に無関係であることは出来ないのであり、それらの病を同様に抱えていくことを余儀なくされている。それ故、この詩集において私は、詩による想像力の翼を羽搏かせ、私性から他者へ、他者から私性へというベクトルを往還しながら様々な病態や病因を抉剔し照射し凝視することを通して、そのような病を超克していく方途を見い出していきたいと思ったのである。

この詩集を纏めるにあたって、前詩集同様、多くの人達のお世話になった。特に、出版にこぎつけるまで様々な面でお世話になった畏友石毛拓郎氏、カバー絵のために作画の労を取ってくれた戸谷秋郎氏、実際に出版するにあたって様々な面においてお世話になった影書房の松本昌次氏に対して、心から謝意を示したいと思います。

二〇一五年五月

戸谷　崗

戸谷　崗（とや こう）

1946年、栃木県小山市生まれ。
著書に、評論『存在と仮構――現代詩論集』（1979年，創樹社）、
詩集『島の系譜・島への系譜』（1986年，一風堂）がある。
詩誌『gaga』編集発行人。同誌に宮澤賢治論を連載中。

詩集《ししゅう》　私《わたし》たちはどんな時代《じだい》を
生《い》きているのか考

二〇一五年五月二五日　初版第一刷

著　者　戸谷《とや》　崗《こう》
発行所　株式会社　影書房
発行者　松本　昌次
〒114-0015　東京都北区中里三―四―五
ヒルサイドハウス一〇一
電　話　〇三（五九〇七）六七五五
ＦＡＸ　〇三（五九〇七）六七五六
E-mail=kageshobo@ac.auone-net.jp
URL=http://www.kageshobo.co.jp/
〒振替　〇〇一七〇―四―八五〇七八
本文印刷=ショウジプリントサービス
装本印刷=アンディー
製本=新里製本所

落丁・乱丁本はおとりかえします。
定価　二、〇〇〇円＋税

ISBN978-4-87714-458-6